KB110721

라망 羅網 & L'Amant

예술가시선 05

라망 羅網 & L'Amant

초판 1쇄 발행 2014년 11월 10일

저　　자　류승도
발 행 자　한영예
펴 낸 곳　예술가

주　　소　서울특별시 송파구 문정로13길 15-17, 201호
등　　록　제2014-000085호
전　　화　010-2030-0750
전자우편　kuenstler1@naver.com

ⓒ 류승도, 2014
ISBN 979-11-953652-4-1 03810

이 도서의 국립중앙도서관 출판예정도서목록(CIP)은 서지정보유통지원시스템 홈페이지(http://seoji.nl.go.kr)와 국가자료공동목록시스템(http://www.nl.go.kr/kolisnet)에서 이용하실 수 있습니다. (CIP제어번호 : CIP2014032731)

라망 羅網 & L'Amant

류승도 시집

2014

自序

잠을 끌고 다니다 잠에 끌려 다니다

한 번 더, 잠 있었다, 쓰다 蠶 있었다, 바꿔쓰다

(누에가 다 자랄 때까지 네 번 자며

잘 때마다 껍질을 벗으며 뽕을 먹지 않는다)

슬쩍, 쓴다, 애초에 구멍, 있었다 중심에 구멍, 늘 있었다

하나니, 다시, 또 다시, 다시 또, 한 번 더

있어라, 구멍!

2014. 10

류승도

라망

차례

自序

제1부 춘투

제2부 라망

제1부
춘투

봄

몸 앓아
초록 門 여는
연둣빛
산통

춘투春鬪, 2012

내심으로 기다리다 갑갑증이 일어 한달음에 해남 땅끝
까지 내려가다
미황사 부처님께 예불을 드린다는 핑계로
대웅보전 뒤쪽 숲에서 동백을 불러내어, 노닥거리고 있는
놈을 찾아
목덜미를 잡아끌고 돌아오다

자, 보시라 봄!

연곡천- 봄, 이유

매년 도화 필 때 황어 떼가 올라온다

나로부터 시조까지 찾아가기 위하여 한 겹씩 풀어나가는
한지 두루마리의 가승처럼
바다에서 하천으로 물결을 길게 거스르는 유선형 물고
기의 편대가 魚躍, 힘차게 봄을 행진한다

연곡의 태몽에 꽃 색과 향기가 자욱한데
모천회귀의 운명처럼 강바닥의 자갈과 모래가 어찌 그리
환히 보이는지,

멀리 다시 가야할 바닷길을 잊고 혼신의 몸을 푼다, 흰
아랫배에 난생의 길이 잠시 비추고 수많은 생들이 쏟아
져 나온다

계곡에 날리는 꽃잎과 같은 기억, 펄펄, 이어져야 하리니,
이어져야 하리니, 그러나

오늘의 연곡천은 황어의 길이 되지 못하네
뚫어 놓은 어도는 보를 막은 사람의 생각처럼 좁고 험한
길, 힘찬 점프를 해보지만 보를 넘지 못하네

난생의 인연이 비롯된 소금강의 깊은 곡의 도화를 다만
머릿속으로 그리며, 연곡의 문밖에 난들을 쏟네

사는 것이 받은 것을 돌려주기 위한 것, 그리하여 생명
의 끈을 잇기 위한 것, 생 이전에 이미 알았기에, 피를
제단에 바치려 하였으나, 죄의 사함을 받으려 하였으나

의식을 치르지 못한 황어가 지느러미를 흔들어 삶의 방
향을 돌리는 시간, 위에서 기다리는 입들이 허전하네,
캄캄하네

한여름 밤 별을 보며 겨울스포츠를 생각하다

능소화, 당신과 뜨거운 여름 태극으로 감아 돌다 상하의 주도권이 바뀌었을 때 말 달린다는 생각을 했어

봅슬레이 누운 썰매 된 기분, 온몸이 굽이굽이 오르락내리락 급경사로 추락하고, 혈류는 블랙홀로 모여들었지

그러다 우리가 지구의 시간 끝까지 이어달리기를 하고 있는 것이라면, 완주하여 전하려는 것이 뭔가 있을까? 하고 생각했어

놓으면 안 되는 바통, 희망(?)조차도 전하기 위한 것일 뿐, 말 달린 우리가 진짜 전해야 할 것은 아닐까? 늘 같도록 변하는 사랑처럼,

티브이를 보며 외로운 사람들, 우주에, 생명에, 지구에, 인간의 유전자에 대해 신비를 탐구하는 시간,

우리는 열심히 말 달리고 있네 이 밤을 도와 몇 개의 산을
넘을 거야 저 캄캄한 우주의 바다에 가득 떠 있는 별 돛
단배들을 보며

끝에 닿는 이 누구일까? 먼 훗날일까?
누군가 그어 놓았을지 모르는 그 선을 통과하면
이 밤의 모든 주자들이 함께 슬픔을 기억하며, 기쁨을
나눌 수 있을까?

新綠, 序

세상이 바뀌어야 한다, 바뀌지 않는다, 아우성 소리
같은 사람, 같은 눈에 늘 같은 사람, 같은 세상
내 어찌 바꾸려는지, 내 것이라고 도무지 없는 세상에
다른 사람, 세상을 맞으려면 내가 바뀌어야 하는데
내 눈이 번쩍 떠져야 하는데, 말처럼 쉽지가 않음이니
오 마이 갓,께 家系를 이어 遺傳의 罪를 짓는 百姓이라
소매 없는 자루 옷 입어야 하는지, 머리 밀어야 하는지
형식을 바꾸자, 형식에 적응하다 나를 바꾸게 될 터이니
세상에! 달라진 나를, 세상을 보게 될지 누가 알겠는가
오늘도 싹 틔우고, 꽃 피우고, 잎 푸르다가 떨어질
나무들도, 세상 하나 바꾸자고, 스스로 바꾸는 터일 터
내 생각, 내 시가 오월의 신록, 녹음처럼 확! 바뀌어라

명鳴

자리 빌려

잎 푸른 오동이 제 안에 구멍을 키운다,

노래 짓고, 울음을 뽑는다

어렴풋한

삶이 채움과 비움에 다름 아님에

아침, 새가 제 노래로 저를 위해 운다,

뼛속까지 비운

공중을 날기 위하여

울음이 노래보다 맑고, 깊음을 안다

구멍을 파서

아픔이되 울음이 되지 못한, 쇠가, 돌이

울음을 쏟는다

울 입 없이

소의 순한 눈이 그렇다,

거문고를 타시겠는가, 북을 치시겠는가

억새, 바람을 읽다

억새가 흙에 머리를 박고 있다
바람에 굴복했거나 뒷걸음쳤다고 오해마시길!

오히려 바람을 겨냥한 화살이었다
무거운 촉과 곧은 대와 가벼운 깃으로,
온 몸 바람을 뚫어 함께 장렬하게 쓰러졌음이다

아직 열이 식지 않아 펄떡펄떡 뛰는
가을들판이 벌집 뚫린 온통 바람의 심장이다

竹!

1

사람마다 길이 있다, 남에게 길이 될 나의 길이 있다

2

아끼고, 略한 말의 여운에 담고 싶은 寤寐不忘! 당신은
누구신가?

3

오락가락 가지 않는다, 지그재그 가지 않는다, 빙 둘러
가지 않는다
또 다시 一週가 竹! 간다

4

내가 당신을 사랑하는 시를 아직 쓰지 못했다

시월

마천루가 도시를 규정한다,
스카이라인을 고유명사로 받아 적어
살갗에 닿는 바람으로 하여
나의 몸을 삶이라 정의한다
유목의 전통을 계승하는 하늘, 구름!
사이, 경계가 선명하다
기억에 가물대는
다만, 실루엣을 추억하기에는 아쉬워
햇살이 손수 이마에 손을 짚어
누웠던 뼈들을 환히 일으켜 세운다
同體로 서로 인정할 수 없던 날들을
우리들 盛夏라 했거니와, 이제야
서로 오롯한 나를 통하여
바람은 호수의 몸매를 쓰다듬고,
물결은 바람의 곱절의 파동으로
제자리서 푸른 행진을 한다
셀카로 시월의 아침을 전송하는 사이,
애틋한 마음일지도 모를

제자리에 서있는 이들! 사이,

시월이 담담하게 경계를 긋고 있다

푸른 담쟁이*

서해의 바람에 청라*의 불빛이 깜박거린다, 열 대신
빛을 택한 LED*등이 단파의 마음을 방출한다
긴 색띠의 노을이 보랏빛에 닿아 생각을 정리한다
아라뱃길, 제자리서 천리를 가던 물결이 서해갑문에 갇
힌다, 숭어가 튀는 소리에 물빛의 결이 소스라친다
살갗에 닿는 서늘함이 여름에서 가을의 변곡을 지난다,
아라뱃길 산책로에는 날 저물자, 거미줄이 얼굴에 계속
걸린다
흉물스런 발전소가 어떤 사람에게는 풍경이 되는 밤,
누가 켜 놓았을까, 저 불빛들은 누구를 기다리는 표지
일까, 청라를 소등하고, 이지러진 달이 저물고 싶다

* 청라국제도시의 청라靑蘿가 푸른 담쟁이이다. 푸른색의 가볍고
  얇은 비단인 청라靑羅도 불빛에 어울리겠다.
* light emitting diode, 발광 다이오드

문장

푸른 파도가 하얗게 부서지고 있다
깊은 바다의 뜻으로
한 획 그었다 이내 지워버리는,
하늘에는 몸 없는 두 날개로 날아가는
글귀 모를 기러기 한 줄 문장,
온전히 전하기 위하여 투명한 바늘
귀 보이지 않는 곳에 그 뜻
둔각으로 꺾여 있다
저기 새겨지네, 장문파도 잦아드네

하늘에서 놀아라, 하늘만큼 하이원
— 정선의 강원랜드에서

1

모두 잃지 않고는 갈 수 없기에 많을수록 더 잃어야
한다
털려다 털리고 털리면 못 일어나는 수가 있다
나를 나로 증명할 수 없는 곳이다
막장에서 삶을 찾았던 사람들의 꿈들은 굽이굽이 아라
리 곡조와 함께 흘러 흘러 흩어져 갔음일 터인데
카지노를 가득 채운 사람들은 한 생을 잠시 넘어가기 위
하여 넋을 놓았다 하더라도
그 주위를 일상으로 기웃대는 사람들은 남겨진 무엇을
보았기에 그 메아리 귀에 맴도는지
다만, 호텔 밖의 불꽃놀이를 보며 포도주 한 잔으로 바
비큐파티를 즐기는 사람들의 단 하룻밤은 오히려 걱정
이 없다
오르기는 힘드나 내려오기는 더욱 힘든 곳에서
하늘은 가난한 사람을 역시 사랑하실까?
강물은 흘러 어디로 가나 모두 주머니 탈탈 털고 있다

2
부자가 하느님 나라에 들어가는 것보다 낙타가 바늘구
멍을 빠져나가는 것이 더 쉽다 -마태오복음 19장 24절

3
당신은 부자를 더 사랑하신다

그 만큼 더 많이 빼앗으신다

기어이 당신 나라에 들이신다

토말土末에 토의 말을 달다

땅끝이 온통 땅끝이다
남쪽 바다 그 바다 남쪽 하고도 땅끝이다
땅끝을 주장하느라 북적북적 시끌시끌거리는 땅끝,

버스정류장도, 선착장도, 땅끝탑도, 모노레일도, 사진
관도, 패밀리마트도, 슈퍼마켓도, 주유소도, 횟집도, 노
래방도, 언덕도, 해오름도, 하얀집도, 모텔도, 호텔도,
성당도, 교회도 푸른 바다, 푸른 하늘과 닿은 땅끝의 직
계들이다,

땅끝이 땅끝만 보라할 리가 없다
땅끝이 땅끝의 땅끝만큼 많다면 그 땅끝이 같은 땅끝일
까,
뭔가 끝을 끝으로 보러 온 사람은 없을까, 끝을 끝에 부
리러 온 사람은 없을까
우리는 끝을 보아야 직성이 풀리는 족속이므로 끝까지
끝을 향한다

하늘에 맞닿은 땅끝의 간절한 기도라면,
그래 끝에 가서 끝을 보는 거다, 그것이 끝이어도 끝이
끝이라고 하고 있지 않은가, 시작이라고 하면 너무 상
투적인 신파극 아닌가

온 길 되돌아가려는가, 아직 남아 보길도 배를 타려는가?
땅끝에서 온 길이 먼 줄 알겠다, 땅끝에서 갈 길이 먼 줄
알겠다

미황사, 봄

절초입 한적하니 달마산의 이른 아침이 안개 속이다
동안거 풀고 봄은 깨어나는가, 어디로 가려는가
산중의 멀리 벗을 맞이함이 각별하니
스스로는 묵언정진 중, 염불소리 절 밖까지 마중을 내
보낸다
이나 보고 가라, 숲 곳곳 피워 놓은 동백 몇 송이
절에 묵고 있는 아이의 문 빼곡 열고 내다보는 눈동자
같다
지난번은 시간 재다 뒤에 남은 몇 송이 눈에 담았고
이번은 서둘다 일찍 나온 몇 송이 눈에 담음이니
꽃 한 송이가 천지의 조화라, 멀리 어찌 만날 날을 알까만
대웅보전 앞에 서서 멀리 내려다보는 다도해의
부처께서 안개를 걷어 법을 펼치시려는가
천년의 길을 걸어 아침 바다는 환해지고 있으나
다만 헛된 객이라 저녁이 아닐 바 어찌 붉은 노을일 것
인가
외딴 부도전을 찾는 것 또한 무슨 뜻이 있을까
굳이 발걸음 되돌리는 지난 동백처럼 서러워진 길

땅끝이기에 도솔암에 오르면 하늘끝에 닿을 수 있을까,
관광버스에서 내린 산객들이 줄지어 올라오고 있다

한송사지석불좌상

그 시작에는 外觀이 환하였겠으나
길은 완성으로 향하여 남루의 경지에 닿음이라
오른 팔 잘라, 머리 잘라 법을 설하는 곳,
오죽헌이오니 오죽이야 들을까만
인연에 닿지 못함이라, 한 송이 꽃 아닌
천년의 사유도 그저 단정히 앉아 있는 돌덩이라
대중이 법을 서로 스쳐 지나가고 있다

봄소식

청벚꽃이라 봄 늦게 오네

洗心에서 開心이라

저 분 크게 한 소식 하셨네

역시, 頓悟漸修! 군더더기 없네

꽃! 지면 空 피면 色

동안거 박살난 화두의 파편이라

무수의 작은 꽃송이

문득, 하나의 만개한 꽃송이

허공 환히 밝히신

開心寺 安養樓 옆에 서계신 분께

마음 心 공손히 여쭙자

꽃비의 죽비의 낙화속도 초당 5cm

하르르르 어깨를 후려치기에

눈 살포시 떴는데

청벚꽃 보려면 아직 멀고

둔 집 꽃 본 길 꽃

다 봄 마음 心! 卽是 하산 했네

제2부
라망

나

나만 아나,
나만 모르는
나

해인亥寅*

인사동 이집 저집 다녀보다
해인에 와서 다시 한 번 알았다
홍어회에 탁배기 작은 한 잔은
갈증 해소에 역시 부족하다

* 해인海印(바다도장)의 음을 차용한 것으로 생각된다. 바다도장
  은 지상의 모든 물이 모여들고, 모든 기록이 있으나, 정화되어
  가장 청정한 곳이니, 재물(돼지 해, 亥)은 모여들고, 든 재물을
  좋은 일로 쓰시도록 잘 지키시라(호랑이 인, 寅), 한잔을 한다.

청간정淸澗亭, 구멍의 즐거움

구멍이라, 구멍을 본다, 구멍으로 본다
기찬, 구멍 없는 구멍(틀 없는 틀?)을 뚫어 놓은 구멍을
구멍이 본다
맑은淸 산골 물澗 구멍에 맞게 지은 정자亭子 구멍에
등을 뒤의 구멍 금강金剛에 기대어, 왼팔로 동쪽 구멍 바
다의 비늘을 쓰다듬어 내리고, 오른팔로 서쪽 구멍 설악
의 등줄기를 가만 주무르며, 스스로 구멍이 된 구멍으로
눈 지그시 천리 앞의 구멍, 계림鷄林의 아침울음을 보셨
는가
파도 소리의 줄 없는 줄 하나의 율律로 매어 놓은 우주
의 교태交泰의 구멍 났으나 구멍 나지 않은 구멍,
한 점 무량의 구멍으로 불이不二의 구멍이라도 구경究竟
하셨는가
둥근 달의 구멍을 비껴서 날아간 천학天鶴의 구멍이 차
가운 날개의 울음을 털어내며 건봉乾鳳의 구멍으로 깃
드셨는지
밤새 대설이 내려 관동팔경의 산하가 폭 없는 한 폭 구
멍, 진경眞景의 구멍으로 듦이라

구멍에 구멍을 뚫어 구멍의 구멍을 보고자
이미 구멍에 든 구멍이 사방구멍에 팔방구멍을 들이대
고 펑펑, 오히려 구멍 뚫리고 있다

잠*

1,

애초에 잠이 있었다. 잠에서 꿈이 태어나고, 꿈에서 삶
이 태어났다. 늘 중심에 잠이 있었다

2,

다시 잠이 있었다. 어머니, 아버지의 잠이 있었고, 그 이
전에 할머니, 할아버지의 잠이 있었고, 또, 또한 잠이 있
었다. 그 무엇보다 그 이전에 그대와 나의 잠이 있었다.
늘 중심에 잠이 있었다

3,

또 다시 잠이 있었다. 나비의 장주가 있었고, 장주의 나
비가 있었다. (좋았겠다. 무엇보다 잠, 자서 좋았겠다.).
무엇보다 그 이전에 나비의 나비잠이 있었고, 장주의
장주잠이 있었다. 늘 중심에 잠이 있었다

4,

다시 또 잠이 있었다. 사는 잠이 있었고, 죽는 잠이 있었

다. (애꿎은 것은 둘 다 잠이라는 점이다). 무엇보다 그
이전에 삶도 죽음도 분간할 수 없는 그런 잠(태아의 숨
소리보다 편안했을까?)이 있었다, 아니 있었단다. 늘
중심에 잠이 있었다

5,
한 번 더,
중심에 늘 잠이 있었다, 쓰다,

슬쩍, 고쳐, 쓴다, 애초에 구멍,이 있었다,
중심에 늘 구멍,이 있었다, 다시, 또 다시, 다시 또, 한
번 더, 있어라, 구멍!

*누에가 다 자랄 때까지 자는 잠. 모두 네 번 자며 잘 때마다 껍
  질을 벗으며 뽕을 먹지 않는다-네이버 사전 국어

蠶잠

한 생이 쉽지 않네, 관찰이 쉽지 않네, 劃 스물 넷이 쉽
지 않네, 蠶이 쉽지 않네 蠶兒 누에, 누에나방의 애벌레,
蠶作 누에치기, 蠶事 누에를 치는 일, 蠶具 누에를 치는
데 쓰는 기구,가 쉽지 않네, 蠶 쉽지 않네

蛾, 나방, 누에나방, silk moth — (누에나방)눈썹, 예
쁜 눈썹, 목이버섯, 갑자기(=俄) — 고치를 뚫고 나온 뒤
蛾, 몸 마르면 즉시 짝짓기 하네, 짧게 반나절 길게 하루
정도, 마치고 암蛾 누런 액체 분출, 이어 오륙백 개 알
낳네

약간 시간 지나면 한 살이 마감하고 죽고, 수蛾 역시 얼
마간 시간 지나면 곧 죽어 한 살이 마감하네

봄 오면 뽕잎 돋고, 蠶兒 알껍질 갉아먹고 나와 아주 짧
은 蠶 시작하네

갓 태어난 3mm 크기의 兒(개미누에)가 뽕잎 찾아 부
지런히 돌아다니고, 뽕잎을 먹기 시작한 蠶,

한번 자고 두 번 자고 자꾸 자고 싶네, 四生決斷, 잠! 자
네, 兒 4번 자고, 자라네, 兒때만 뽕잎 먹네

잠 잘 때마다 한 살씩 먹어 2령, 3령, 4령, 5령 蠶이 되

42

네, 몸무게 무려 10,000배나 무거워지네, 20-25일 걸리네

1령 蠶 : 孵化 뒤 3일간 자란 뒤 하루 동안 잠자고 허물 벗네, 2령 蠶 : 2일반 자란 뒤 하루 동안 잠자고 허물 벗네, 3령 蠶 : 3일간 자란 뒤 하루 동안 잠자고 허물 벗네, 4령 蠶 : 4일간 자란 뒤 이틀 동안 잠자고 허물 벗네, 벗기 위함! 5령 蠶 : 약 7일간 자란 뒤 뽕 먹기를 멈추고 2일간 1-1.5km 토해내 실을 뽑아 자기집(고치)을 만들고 번데기가 되네, 주름잡기 위함!

蠶이 고치를 짓기 시작한 뒤부터 번데기가 나방이 되어 알칼리성점액으로 고치의 한쪽 끝을 부드럽게, 부드럽게! 하여! 뚫고 나오네, 번데기 주름잡기 약 보름, 달 차거나 기울고, 變態 끝! 입이 퇴화하여 成蟲, 다 자라서 생식능력이 있는 곤충이 된 뒤 아무 것 먹지 않네

蛾, 몸 마르면 즉시 짝짓기 하네(羽化, 登仙, 體位), 알에서 蠶兒 약 12일, 蠶 약 23일, 번데기에서 蛾 약 15일, 해서 짧게 50일 길게 60일 蠶이 잠잠하네

해인( )

우리 날들을 모두 기록으로 가지고 계십니다
스스로 썼다 할 수 없고 쓰지 않았다고 할 수도 없는
우리 속속 모든 오( )를 씻어내어
스스로 안고 가려 하심,
가장 높이 계신 분은 가장 낮은 곳으로 늘 헤매신다지요?
본디 깨끗한 마음으로 향하여
몇 날이고 며칠이고 한 길로 걸으시며
외우는 한 줄 주문, 없는 거울에 없는 마음을 비추시니
하늘에 먼지가 없으면 비가 생기지 않는다지요?
이제 저희 당신 앞에 섬이니
스스로 한 획 고칠 데 없는 경( )이시라
자 읽으시라, 내놓으신
시작과 끝이 없는 무극( )의 문장
헤아려 잘 생각하시라, 확 트임과 깊은 꿈틀거림
돌아가 다시 지으시라,
우리 모든 삶의 기록을 녹여 문자 없는 도장으로 파놓을
오( ),
바다

아, 구멍

구멍에서 나와
구멍을 지나
구멍으로 들다
구멍을 빼면
구멍 뿐,
그게 아니었다
나가 알게 되면
믿음
가엾은 삶
무를 수 있을까?
구멍으로
남을 것 없는
구멍,
내가 구멍이다

'세상의 구멍, 구멍으로 읽다' 라 할까?
'구멍아, 여름밤엔 노자보다 놀자, 장자
보다 잠자가 좋아' 라 할까?

○ 구멍이 있고, 그 안과 밖에 구멍이 있다
구멍이 구멍을 낳고, 이 구멍이 다시 구멍을 낳고, 다시
구멍이 또 다시 구멍을 낳고, 또 다시 구멍이 다시 또 구
멍을 낳고, 다시 또 구멍이 자꾸 구멍을 낳아, 구멍이 구
멍을 낳아, 구멍이 온통 구멍이라

구멍에서 구멍이 나와 구멍으로 구멍을 나아가리니, 온
구멍이 있고, 구멍이 있고, 올 구멍이 있어, 구멍에 구멍
이 있다함이라

○ 작은 구멍 속에 큰 구멍이 있고, 큰 구멍 속에 작은
구멍이 있고,
만져지는 구멍은 구멍의 구멍이고, 막힌 구멍, 만져지
지 않는 구멍은 구멍의 구멍의 구멍이고, 열린 구멍

아, 하늘에는 막힌 구멍, 어, 땅에는 열린 구멍

적도의 구멍, 남극의 구멍, 북극의 구멍으로 봄구멍, 여

름구멍, 가을구멍, 겨울구멍이 자라니

잘 자라는 구멍에 잘 자라고, 잘 자라지 않는 구멍에 잘

자라지 않아, 비 내리는 구멍, 구름 낀 구멍, 바람 부는

구멍이 있음에

꽃이 피는 구멍, 꽃이 지는 구멍이라

○ 여기 구멍, 저기 구멍, 도처의 구멍

위 구멍, 아래 구멍, 앞 구멍, 뒤 구멍, 옆 구멍, 속 구멍

먹는 구멍, 먹히는 구멍, 들어가는 구멍, 나오는 구멍, 수

축하는 구멍, 이완하는 구멍, 죽이는 구멍, 살리는 구멍

그대 떠난 구멍, 내가 남은 구멍, 돌아갈 수 없는 구멍,

돌아갈 수 있는 구멍

직진하는 구멍, 좌·우회전하는 구멍, 유턴하는 구멍

잠 잘 자는 구멍, 잠 잘 자지 않는 구멍, 내 기도하는 구

멍, 내 기도 받는 구멍

젖은 구멍, 마른 구멍, 우울한 구멍, 즐거운 구멍, 침묵

의 구멍, 비명의 구멍, 물구멍, 불구멍

○ 육지의 구멍, 산의 구멍이, 들판의 구멍을 질러, 강물의 구멍에, 바다의 구멍에 닿는
구멍이 구멍을 낳아 구멍이 되니, 구멍이라, 꽃이라, 얼마나 기쁜가, 시끌한가

나의 살던 고향도 구멍, 앉으나 서나 당신 생각하는 마음자리도 구멍, 잊지 못할 빗속의 여인의 이루지 못한 사랑도 구멍, 내 삶을 소비하는, 또는 축적하는 구멍

행복의 구멍에 우리는 얼마나 고통의 구멍을 배설하고 있는가
사는 구멍, 살기위한 구멍, 내 잠 잡고 노는 구멍, 아버지 헌신하시는 구멍,
술 마시는 구멍, 노래하고 춤추는 구멍, 술 토하는 구멍

○ 긴 구멍, 짧은 구멍, 굵은 구멍, 가는 구멍, 대보아야

하는 아는 각진 구멍, 대보지 않아도 아는 둥근 구멍,
시끄러운 구멍, 시끄럽지 않은 구멍, 향기 나는 구멍, 향
기나지 않는 구멍, 단 구멍, 짠 구멍, 신 구멍, 쓴 구멍,
구멍인 구멍, 구멍이게 하는 구멍, 내가 구멍, 네가 구
멍, 까칠한 구멍, 매끈한 구멍
구멍은 보고, 듣고, 냄새 맡고, 먹고, 싸고, 구멍의 구멍
은 대보고, 느끼고,

통과하려는 구멍, 통과하지 않으려는 구멍
만져지는 구멍의 만져지지 않는 구멍

○ 밤새 구멍을 파다, 구멍을 나오다, 구멍으로 나오다,
그러므로 구멍을 파다, 구멍 아닌 날, 난 없다 날 둘로
구멍파면 구멍 판 날과 구멍 파인 날이다, 나이다, 그 구
멍 언뜻, 하나이나니

육하원칙으로 구멍일 때, 구멍에서, 구멍이, 구멍을, 팠
다, 구멍이므로, 이다. 한데, 뒷 '구멍' 은 구멍일까?

막아야만 하는 구멍, 막아서는 안 되는 구멍, 막지 않을
수 없는 구멍, 막을 수 없는 구멍, 막히지 않는 구멍, 막
히는 구멍

○ 노자보다 놀자 구멍, 장자보다 잠자 구멍, 여름밤의
구멍, 호수의 구멍, 연꽃의 구멍, 꽃의 질서를 잡는 벌
한 마리의 구멍! 검은 호수의 구멍, 뿌리를 흔드는 잉어
의 구멍, 꽃에 담긴 달빛의 구멍, 잎에 닿는 바람의 구
멍, 그걸 보는 내 구멍, 사월초파일 전야의 구멍,

부르다 목이메일 구멍, 듣다 고막이 터질 구멍

○ 아我, 구멍이 커요, 구멍이에요, 라망羅網이 얽혀진
구멍이에요,

아버지, 구멍을 셀 수 없어요,

말로 재보아야 할까요? 무게로 달아야 할까요?

낚시, 구멍

삶이란, 달콤 씁쓸한
혀에 닿는 구멍의
보이지 않는 듯 구멍
차례가 있는 듯, 없는 듯
하나하나 불려나간다
보이지 않는 바늘
미끼가 보이지 않는다
꿰는 것이 아닌가?
호명된 몸뚱이가 미끼요,
빠져나갈 구멍인가?
밖에 누구신가?
낚시 한 번 기막히다
백중 백 구멍,
한 번도 놓치지 않는다

구멍, 느낌

1

구멍으로 구멍 채우기다, 구멍이 있어야 구멍을 채울 수 있다, 가내, 두루, 평안하신지? 쌍방혐의, 짙은! 구멍의 구멍 채우기, 또는 채워주기, 밖으로 구멍 큰 구멍이 큰 구멍, 안으로 구멍 작은 구멍이 작은 구멍, 큰 구멍은 안으로 작은 구멍 채워주기, 작은 구멍은 밖으로 큰 구멍 채워주기, 밖으로 작은 구멍 채우는 큰 구멍, 안으로 큰 구멍 채우는 작은 구멍, 구멍 아니면, 구멍 궁금해? 하지 마시길! 어느 구멍이 어느 구멍일까? 꽉, 차오는, 꽉, 잡아주는

2

그래도 궁금한 당신, 아흔 아홉 섬을 한 섬에 얹어 채우는, 구멍이 되시겠는가? 한 섬을 아흔 아홉 섬에 얹어 조이는, 구멍이 되시겠는가?

구멍하면 내공

내공하면 구멍, 구멍이 절정
내 공 쌓으려면 날숨 길어야 하니,
짧아지는 직경만큼 길어지는 길이만큼
들숨의 잠재가 공으로 거할 터이다
자신을 넘어뜨리고자 바람을 부르는 나무
태풍의 회오리가 고요하기 거울
들숨과 날숨 사이의 틈 아시겠는가?
방향과 속도의 발, 0을 벌려 내공하면
내 생에 회오리 쳤던-치는-칠
구멍하면 내공, 내공이 절정

구멍, 총 맞은 것처럼

총 맞으면 아픈 것이 총알에 맞았기 때문
총알이 날아왔기 때문 총알이 발사되었기 때문
총알이 폭발로 화약으로 공이로 방아쇠로 쏘아졌기 때문
총 쏜 당신과 맞은 내가 일순 서로 느꼈기 때문

맞다,

그리고
빠진 것 하나 더

구멍 때문, 아픈, 아픔을 주는

영종도, 구멍을 냈을까?

그 섬에 국제공항을 건설할 때 염전주인이던 두 명은 토지보상비로 천억 원 이상을 받았다 한다 큰 구멍이다

강남에서 부동산 아닌 죽죽방방 룸살롱 부대가 그리 출동하였다 한다 작은 구멍이다

구멍이 구멍을 구멍으로 보고 있다 큰 구멍을 작은 구멍으로 보고 있다 작은 구멍을 큰 구멍으로 보고 있다,

구멍과 구멍이 서로 구멍을 냈을까?

야관문夜關門

— 비수리

밤의 문,
이름이 점잖다
그도 거치지 않으면 안 되는 관문이다
영락없는 여자가 아닌가

야관주를 마시면 안 열리던 밤문이 열린다고,
이십 년 애를 못 가지던 부부가 장복을 하고 사내애를
보았다고
옻오리집에서 옻도 안 오른 젊은 종업원 아가씨가 벌겋
게 권주를 하는데
맛부터 보여 달라는 양기 오른 중년에게
좋은 것은 공짜로 먹으면 안 되니 사서 드시라 하고는

옻오리에 옻오를까 약을 달라고 하는 손님에게
옻에 살짝 오르는 것이 몸에 좋다고
오를 사람은 먹어도 오르니 효과를 보려면 먹지 않는 것
이 좋다고 한다

우리말로 비수리인데, 왜 야관문이라 했을까? 전국 각처의 산과 들에 흔히 있는 것이니

서로 콩깍지 낀 연인이 밤에 은밀한 곳을 찾다가 못 참고 가까이 이 콩과식물의 부드러운 살결 위에 몸을 눕혔던 것일까?

혹, 시가 될까? 네이버에 관문을 찾아

1. 국경이나 요새의 성문

2. 국경이나 주요 지점의 통로에서 지나가는 사람과 물품을 조사하는 관의 문

3. 국경이나 요새 따위를 드나들기 위하여 반드시 거쳐야 하는 길목

4. 어떤 일을 하기 위하여 반드시 거쳐야 하는 대목

그리고 맨 마지막

5. 문을 닫음에 주목하는 것인데,

닫았다면?

거부인가, 이미 주인이 들었음인가?

千年香

坐禪 千年!
몸 뒤틀어 渴筆로 쓰다

한 몸을 둘로 나누고 다시 한 몸으로 모으는
一字 經典

互,

말잠자리도 크다

말이 크다

말잠자리도 크다 고추잠자리는 얼마 못 버틴다 작은 것
이 맵다? 빙빙 몇 바퀴에도 맛이 간다
큰 것을 가지고 놀면 아이도 커진다 큰 재미, 가을 오면
크게 사라지고 벌써 여름이 기다려지리
정직하게 암컷으로 수컷을 잡는다 암컷이 없을 때는 수
컷으로 수컷에 작업을 걸 수 있다
몸통 하늘색 아래 부분을 호박꽃대 노란꽃가루로 물들
인다 아른아른 갈색 허리 감아 안고 싶은,
몸통을 실로 매어 허공에 빙빙 돌린다 하늘색 허리가 교
미를 붙인다 아이가 사랑을 아는가, 큰 것을 아는가
파브르곤충기에 음양이 있는가 몇 초간의 사랑에 허탕
친 수컷을 채로 덥친다, 큰 구멍이 크게 꽉 조인다

큰 것이 무슨 재미일까 죄일까? 큰,

꿀잡이새*

1 Honeyguide

달링, 달콤한 저의 숲으로 안내 할게요, 저는 젊었고, 당신이 원하는 것 알고 있지요, 작은 친절을 원할 뿐 당신께 큰 것을 바라지는 않아요, 먼저 찾아주셨어도 좋겠지만 저는 뜨겁답니다, 걱정 마세요, 달콤함을 당신께 먼저 맛보여 드릴게요, 제가 먼저 유혹해 드릴게요, 달콤함은 당신을 취하게 하겠지요, 하지만 바로 그냥 떠나가지는 말아주세요, 잠깐만이라도 저를 생각해 주시는 것, 함께 살아가는 예의겠지요, 당신이 흔히 보는 도시정글의 밤거리에서 손님을 찾아 서성대는 저는 그런 류의 젊음이 아닙니다, 저는 푸르고 아름답지요, 굴속에서 살아 눈먼 자들도 제게는 넋을 잃는 답니다, 그러니 당신의 깊은 검은 속으로라도

저를 함부로 대하지는 말아주세요, 제가 늘 사랑을 갈구하는 것은 남의 집을 빌려 태어난 기억, 그의 아이를 밀쳐내야 얻을 수 있었기 때문이겠지요, 당신도 그런 죄, 남모를 아픔쯤은 가지고 계실 터 우리 함께 사는 것은 그런 것이겠지요, 나는 당신에 속한, 약간의 노력이

60

필요합니다, 잠시 나의 달콤함을 입에 물려 드릴게요,
달링!

2 Masai

허니, 함께 밀월을 떠나요, 다른 말들이야 다만 말일 뿐,
제 마음은 휘파람입니다, 당신을 원하는 저를 당신께
인도해 주세요, 저는 젊고 용감하지요, 오늘은 당신의
뒤를 따르고 싶습니다, 당신의 길을 따라 당신의 숲으
로 가 주세요, 꿀은 그곳에서 함께 얻는 것, 검은 원시의
숲이라 하여도 가끔은 우러르는 하늘로 하여 우리의 눈
은 더욱 밝아집니다, 그렇다고 조급하게 당신을 재촉하
지는 않겠습니다, 다만 놓치지 않도록 가끔은 절 돌아
봐주세요, 당신이 아니라면 누가 제게 꿀을 줄 수 있을
까요, 이미 알고 있는 오래전 그대로의 언어로 저를 안
내해 주세요, 꿀을 원하는 건 벌 뿐이 아니겠지요, 당신
의 숲이라지만 짜릿한 꿀맛은 오히려 저의 몫, 당신은
잠깐 더 기다려 주세요, 제가 맛본 당신의 꿀맛, 그 뒤에
길게 이어지는 향연은 모두 당신께 드리겠습니다, 허니!

3 Honeybee

저기 멀리로 부터 나의 운명을 향해 진군해오고 있구나,
청춘으로 야합한 그대들이 나를 고해에 들게 하네, 그
대들이 원하는 것은 나의 가장 소중한 부분, 한철을 모
아 간직한 숲속의 농밀을 그대들에게 내어 주고, 나 떠
나기 전 그대들에게 고통스런 나의 몸을 각인하려 하네,
숲이 내게 준 은혜, 그 고통이여, 나 그대들을 원망하지
않으리, 우리는 늘 받은 것의 일부를 되돌려주며 살고
있구나, 이 계절은 향기로운 꿀로 우리를 시험하는데
그대들의 불장난은 이미 예상된 전쟁 놀음, 피할 수 없
네, 얼마 전부터 숲 위를 빙빙 돌던 새를 보지 않았더냐,
그러나 그대들의 바람은 잠시 나의 숲을 휩쓸 뿐 나 알
몸이 될지라도 그 숲에서 다시 나의 나무를 키우리, 그
대들, 바라는 것 나의 생이 아닌 바, 이제 나의 꿀맛을
보시거든, 그냥 지나치듯 떠나시라!

* 꿀잡이새가 탁란을 한다. 태어나 먹이의 경쟁자가 될 Host의 알들을 쪼아버리고, Host에 의해 키워진다. 아프리카 초원에서 마사이 소년이 휘파람으로 꿀잡이새에게 신호를 보낸다. 꿀잡이새가 소년을 벌집이 있는 곳으로 안내한다. 소년이 꿀을 채취하고 꿀벌의 유충이 있는 벌집을 놓아둔다. 꿀잡이새가 유충을 먹는다(KBS 다큐멘터리 2011.7.28방영, "휴먼 플래닛"). 생명의 진화를 위한 이 기막힌 공생과 경쟁이라니!

☰ ☷ ☵ ☲, ☯, 그리고 환경보건특강

☯

태극기가 바람에 펄럭입니다. 태극☯이 펄럭이고 건 ☰, 곤☷, 감☵, 리☲가 팽팽히 펄럭입니다. 기우뚱만 해도 큰일 내고 남을 터인데,

하늘이 무너져 솟을 구멍 막지 않고 땅이 솟아 하늘에 구멍 뚫지 않습니다. 큰물이 나 불씨 적시지 않고 큰불 나 물 말리지 않습니다.

태극이 중심을 잡으시니, "나는 자랑스러운 태극기 앞에 자유롭고 정의로운 대한민국의 무궁한 영광을 위하여 충성을 다할 것을 굳게 다짐합니다."

청사 앞에 나 또한 높이 게양됩니다. 공기☰, 흙☷, 물 ☵, 불☲이 나를 이루고 있음이니, 그 중심에 음양이 조화로운 내☯가 있습니다.

하늘이 시간을, 땅이 공간을, 물이 活을, 불이 動을 주심이라, 시간/공간 활동이 자연과 함께 호흡을 맞추는 춤이오니, 나는 당신과 꽃피었다 시들어, 갑니다.

불☲이 타는 생명이라, 나는 양식을 얻고 문명에 닿으니, 그 선택이 공기와 흙과 물을 거쳐 내게 돌아온다, 하늘 높이 아름답게 펄럭입니다.

☴, 바람의 문이, 안과 밖이 있습니다, 나는 그 경계에서, 또는 넘나들며 오직 당신을 호흡합니다, 길게, 짧게, 그리고 짙게, 옅게 당신은 코끝을 스치는 향기이기도 하고, 눈 속에 드는 이물이기도 합니다

☷, 흙으로 돌아가겠지요, 집이 있습니다, 안에서 나는 당신과 뒹굴고, 밖에 또한 삶의 터가 있습니다, 나는 당신을 노래합니다, 끝없이 풀어지는 계절을 다시 타래로 감으며 집으로 돌아오는 당신은 촛불이기도 별빛이기도 합니다

☵, 비와 그 이야기가 있습니다, 소리 없이 웅크리고 앉아 내 안의 강물이 되고 바다가 되는, 해인에 가보고서야 나의 삶이 당신으로 하여 얼마나 부끄러웠는지요, 또한 위로 받았는지요, 돌아오는 길, 그저 목젖이 짜다고 할 밖에요

䷂, 가득한 삶들, 많은 집들을 유전의 전략으로 허뭅니다, 믿음 대신 지식의 과일을 선택한 죄, 허물어야 할 집을 당신도 함께 높게 짓습니다, 하늘의 별이 일제히 고층건물 아래도 뛰어내립니다, 밖이 환하여 눈 캄캄합니다

☯, 다시
하늘에 뿌연 연무인데요, 매립지에 폐기물인데요, 강물에 녹조류인데요, 도시의 불빛과 발전소의 연료 또는 연기인데요, 우리는 태극기 휘날리며 아라뱃길 또는 큰 강가를 달리는 희망의 건강한 자전거,라 할까요? 다시 우리의 긴 역사가 투쟁으로 기록된다면, 사랑-자비로 기록된다면? 아니 돌고, 돌고 이제와 같이 올 날도 다시 또 돈다면? 태극기가 바람에 펄럭일까요? 하늘 높이 아름답게 펄럭일까요?

사람답다, 자연스럽다; 사람답지 않다, 자연스럽다

날로 말고 구워 먹는 것이 자연이었다

개(犬) 고기(月=肉)를 불(火)에 구워 먹어야 하는 것이 당연하다,는 자연自然이었다

사람다운 것이 자연스러웠다, 자연이 전부, 사람이 일부; 사람이 전부, 자연이 일부; 그런 날

어느 종이 자연스럽다, 했나, 자연이? 하지 않았다

사람다운 것이 자연스러운, 사람에 지쳤나? 사람이 지쳤나?

사람답지 않은 사람이 자연스럽다, 사람답지 않은 사람에 목이 멘다, 사람이 목이 멘다, 자연스럽다

건곤감리, 태극, 그리고 디옥시리보핵산
(Deoxyribonucleic acid, DNA)*

1

大王호랑이가 白頭大幹에 포효합니다,

퓨린쪽 아데닌(A), 구아닌(G), 피리미딘쪽 티아민(T),

시토신(C)인 4가지 염기에서 3가지 염기가 자유롭게

만나 만든 64가지 암호문을 새끼줄로 꼬아 만든(DNA,

또는 RNA)

韓國籍을 읽혔다고, 韓國籍을 읽었다고

太極旗가 바람에 펄럭입니다,

태극이 나뉘어 된 음양이, 다시 나뉘어 된 사상, 노양

(═), 소음(═), 소양(═), 노음(═)인 4가지 괘에서 3

가지 괘가 자유롭게 만나 만든 64괘를 새끼줄로 꼬아

만든(RNA, 또는 DNA)

2

64를 64로 복사한다, 64로 읽고, 64로 쓴다, 64에 64

로 맞선다, 64가 나를 박탈하고, 64로 나는 산화한다

3

DNA(陰?)를 전사하려고 RNA(陽?)를 쳤는데, 영어로
전환되지 않은 한글 자판이 3개의 기호로 이루어 낸 말,

꿈! (Dream! Boys be ambitious!)

기억나지 않는다, (분화전) 태극 홀로? 돌던? 밤?

* 그러나, 나만의 생각이 아니었던 것! "DNA와 주역"이란 책이
있었던 것, 역시 인간은! 64로 이루어지도다, 괜한 고생의 흔적

	T(U)	C	A	G		═	══	═ ═	══
T(U)	UUU	UCU	UAU	UGU	═ 노양 : C?	═══1	════9	═══10	════61
	UUC	UCC	UAC	UGC		═══13	════37	═══25	════42
	UUA	UCA	UAA	UGA		═══44	════57	════6	════59
	UUG	UCG	UAG	UGG		═══33	════53	════12	════20
C	CUU	CCU	CAU	CGU	═소음 : T? U?	═══43	════5	═══58	════60
	CUC	CCC	CAC	CGC		═══49	════63	═══17	════3
	CUA	CCA	CAA	CGA		═══28	════48	═══47	════29
	CUG	CCG	CAG	CGG		═══31	════39	═══45	════8
A	AUU	ACU	AAU	AGU	═소양 : A?	═══14	════26	═══38	════41
	AUC	ACC	AAC	AGC		═══30	════22	═══21	════27
	AUA	ACA	AAA	AGA		═══50	════18	═══64	════4
	AUG	ACG	AAG	AGG		═══56	════52	═══35	════23
G	GUU	GCU	GAU	GGU	═노음 : G?	═══34	════11	═══54	════19
	GUC	GCC	GAC	GGC		═══55	════36	═══51	════24
	GUA	GCA	GAA	GGA		═══32	════46	═══40	════7
	GUG	GCG	GAG	GGG		═══62	════15	═══16	════2

원만圓滿, 푸른 말의 시로 뽑다

1

"충분히 가득 참

일이 되어 감이 순조로움

조금도 결함이나 부족함이 없음

규각이 없이 온화함

성격이나 행동이 모나지 않고 두루 너그러움

서로 의가 좋음, 사이가 구순함

공덕이 그득 차는 일

소원이 충족되는 일"*

2

첫날밤에 그냥 자지 않았느니!

갑오년 첫 출근, 통근버스 앞에서 과에서 함께 일하는
젊으신 분이 인사를 하시네,
새해 복 많이 받으세요,를 새해 복 많이 받으세요,로 받
네, 준비되신 듯
이어 하시는 말씀, 밤 열두시 넘어 넘어지셨다네, 눈두

덩 위, 코끝과 옆, 볼에 상처가 비치시네

앞으로 넘어지셨다는데 그만하니 다행, 연고를 바르시고 투명 반창고를 붙이셨는데

본인은 티가 많이 나는 것으로 생각하시나 내게는 별로 티가 나지 않네

이천년에 대졸로 왔으니 벌써 14년, 인물도, 성격도 좋으신데, 비정규직, 박사과정, 아직 미혼이시네

첫날밤에 그냥 잤다,하는 것이 낫겠다,고 꿈보다 해몽임을 모르시는 분들 말씀하시겠으나

그대, 새해를 아주 겸손히 맞으셨나니, 한 해 잘 보살피시라 땅에 절까지 하셨나니,

曰(왈), 올해는 밤이라고 함부로 넘어지시지 말고, 사람, 장소 잘 보아서 넘어지셔야 하시느니!

올 한해 두루 원만하시고, 소원성취하시라

* 네이버 한자사전의 원만圓滿의 뜻풀이다

71

원만 2

바람의 힘을 기계적인 힘으로 바꾸는 장치,
네이버 사전 다 맞다, 기계의 힘의 원천이 바람,
바람 불어 돈다, 가늘고 길고 얇은 날개로
바람 덕에 도는 풍차, 덕을 보려면 제대로 보자
바람 이래 풍차가 돌았나? 둥근 이래 풍차가 돌았나?
둥근 강철 축, 덕에 돈다, 착, 밀착의 마찰에도
닳고 닳아도 닳아지지 않는 둥근 구멍, 덕에 돈다
바람에 비례하여 빙빙, 팽팽, 뺑뺑이 도는 날개
바람의 힘으로 발전한다, 바람의 힘이라 발전한다
K-water 아라뱃길 자전거 안전하게 타기 캠페인
음주 NO, 과속 NO, 헬멧 YES, 어쨌거나
두건을 벗고서야 알게 된 모두 늙도록 젊게 달려온
서해갑문 가는 아라뱃길 자전거 바퀴는
바람이 미는 물결속도로 언제부터 돈, 원인가

제3부
별이 묻힌, 그 아래의 숲을 걷다

해남

남쪽 바다
그 바다 남쪽
너

鹿鳴

밤 이슥하도록 정신 높은 곳에서 혼자 견디었음이라,

날이 밝아 향기로운 풀밭을 찾았음에 목을 뽑아 운다

동백, 2014

초록 짙은 피부로 솟은 저 붉은 염불의 生들, 大雄의 法
의 뒷전의 저만치 此岸의 流轉의 공간
절담 모서리 돌아 오솔길 한적한 골짜기 언덕의 시공에
점, 점, 점 숨어 웅크린 무리들, 그 후예들,
나와 無寸의 거리이나, 그 無數로 하여 인연 이리 점도
높게 검붉어지는 시간, 天理의 길로 三世를 걸어서 온
검붉은 꽃송이 안에 노랑 술, 맑은 하늘색과 잎에 부서
지는 푸른 햇살의 윤기,
나무 검은 그늘로 퍼지는 삑삑 삐약삐약 삐약삐약삐약
삐약 삑삑 삑삑 반짝거리는 동박새 소리
꽃피는 마음을 어찌 알까, 눈 한 번 맞추는데 삼년이요,
꽃 지는 마음을 어찌 알까, 눈 다시 떼는데 또 삼년이니
동백은 아픔, 제 살 찢어 확인하는 간절한 삶일 터
그러니 어찌 나는 너의 화려한 終日을 몇날 며칠 기억
해야 하는지
뚝뚝 송이채, 응고되지 못한 핏방울로, 한 마리 피 흘리
는 목숨인 채로 몸 던지는 허공의 낭자한 결심을 보며
나의 붉어진 마음을 물으며

인적 드문 폐허에 길게 누운 나의 시간을 다시 세운다,

나는 지금 몸살을 붉게 앓고 있는 중!

능소화

임과 자지러지는 絶頂에서 내려와 발그레한 貞淑,

아니면 이 여름 어찌 이리 후끈 달아있단 말인가!

능소화 2

능소화가 능소화를 본다
능소화가 능소화가 예쁘다
능소화가 배로 예쁘다

장미, 쉬스 곤

출근버스의 오른편 앞쪽 창가에 앉는 여자 가끔은 피로한 얼굴로 눈을 감고 있는 여자 옆자리가 비어 있는, 나이 들어가는 여자

한 정거장 뒤에 타는 남자 그 여자 옆자리 앉는 남자 살갑게 이야기하는, 지정석 만든 남자 여자의 눈 바로 뜨게 하는 남자

本來의 觀音, 淸淨의 觀心도 궁금하지 않으신지 눈이 가는 것이 나쁜? 나쁜? 인지 눈을 감거나, 스마트폰을 보거나, 창밖을 보거나

옆자리에 남자 앉자마자, 어머, 벌써 장미가 예쁘게 피었네, 감탄하는 봄의 新商 아닌, 미모의 아마, 싱글의 여자

오월도 중순,
生의 담장 넝쿨째 활활 피어날,

쉬스곤,할

장미!

吾月, 장미꽃 지다

거를 것, 거르는 것이 삶에 많은 흔적을 남겼던 것입니다

기분이 급하게 오르내리길 까마득하게, 얼굴 붉어졌던
것입니다

시애틀은 아니더라도 잠 못 이루는 밤, 화끈화끈 부채
질을 했던 것입니다

일련의 또는 뒤죽박죽의 표현이 思春의 널뛰는 변덕처
럼 잡기 어려웠던 것입니다

당신께 향했던 내 몸의 절절한 호소의 페이스를 유지하
며 달려왔던

35년 결승선을 지나쳐 관성으로 달리는 거리에서의 헐
떡거림,

나의 정원에 펄 펄 펄 벚꽃잎 바람에 흩날리더니, 붉은
장미, 점점 더 붉은 장미꽃, 뚝!

이윽고 호흡이 조용해졌던 것입니다

음악이 들리지 않고, 세상이 웅성웅성 다시 들렸던 것
입니다

이루도다, 完成!

半아닌, 온전한 하나의 인간으로 든 門으로 다시 태어
났던 것입니다
큰일 일어나기로 소문난 甲午, 吾月의 歷史가 한 장으
로 기록되었던 것입니다

2011.8.28

옥잠화, 백일홍, 호박꽃, 닭의장풀, 범의부채, 원추리, 나팔꽃, 싸리나무꽃, 코스모스, 벌개미취, 맥문동, 비비추, 능소화, 달맞이꽃, 무궁화...

언제 꽃 피었는지 안다고 해도 여름과 가을을 구분할 수 없으리!

가을밤을 소곤대다

이불 속에서 서로 조몰락거리다
깨면 어쩌려고, 밀당을 하며
소곤소곤 부스럭거리는 소리를 감추는 것
그러다 한순간 조용해지는 것
아득히 밤이 깊어지는 것

도깨비*

(사소하나, 꼭 필요한 것이 그 쓰임으로 헌 것이 되어 우
리 부위에 버려진 것들이 있다.
동굴, 고가, 고목, 계곡 같은 음한 곳에 모여 살다가 밤
이 되면 불을 켜고 나타나 활동한다.
오직 사람을 위하여 평생 한눈팔지 않고 한 몸을 바쳤
다. 빗자루, 짚신, 부지깽이, 가구의 모습으로,
티끌 속에서 닳고, 부서짐으로써 순수의 둔몽屯蒙을 이루
심일까, 그 신통력에 비하여 하시는 바가 아이와 같다.)

자랑으로 황소를 지붕 위에 올려놓고, 솥뚜껑을 솥 속
에 넣으며, 큰 산을 움직이고, 큰 바위를 굴리며, 많은
물을 단숨에 마시네
심술궂게 논에 개똥을 가져다 놓고, 밤사이 가구를 엎
어 놓으며, 국수를 산에다 버리기도 하고, 물고기나 궤
를 훔쳐가기도 하네

밤에 산이나 들길을 혼자 걸어 보시라, 은근 두려운 그
대의 허깨비를 보시리

현혹하고 희롱한다면 그분 그대께 장난을 거시는 것,
금은보화를 가져다주기도 하니 잘 사귀어 보실 것

다리가 하나밖에 없으며,
그래서 씨름을 할 때는 다리를 감아야 넘어지고,
키가 커서 하반부는 보이나 상반부는 보이지 않아 얼굴
을 알 수 없다,는

뿔 두 개 달린?

내 버렸으되 내 주위를 맴도시는 무엇,

* 네이버 백과사전의 도깨비를 인용하여 썼음

돈, 돈

1

대패삼겹살이 맛있을까? 감악산흑돼지가 맛있을까?
어떤 돼지로 만들어도 대패삼겹살일까? 어떤 요리를
만들어도 감악산흑돼지인가?

대패삼겹살집이 길까지 나와 상 차리고 고기를 굽는다,
돈을 대패질하여 탄내 나는 돈을 주워 담는다, 가게를
확장하니 손님이 더 넘친다

벽 하나 사이에 두고 감악산흑돼지집이 한 테이블 어쩌
다 받는다, 팍팍 퍼준다는 전라도 아줌마? 소용없다, 돈
도 돈이지만? 창피해서 힘들 텐데 몇 달째, 버틴다

넘치니 더 채울 곳 없고, 비었으니 더 비울 곳 없구나,
넘치면 부족한 곳 채운다? 헛소리로구나

왜 대패삼겹살일까? 왜 감악산흑돼지가 아닐까? 비키니
의 노출 차이일까? 대패질이 흑돼지보다 낫다는 것일까?

언제 감악산을, 흑돼지를 포기할 것인가? 이제, 맛보다 그것이 더 궁금한데,

긴긴 열대야를 어찌 쓸쓸히 견디시는지? 넘치는 손님 더 넘치길 기도할지 모를 일이다, 가게 늘이면 나도 대패질한 돈 맛, 보리라

2
삼겹살이 맛있다, 삼겹으로 맛있다
산맛, 칼맛, 불맛에 술맛! 입맛! 추가하여 오겹까지 맛있다
제주도똥돼지가, 감악산흑돼지가, 생삼겹살이, 냉동삼겹살도 맛있습니다
대패삼겹살이, 칼삼겹살이 맛있습니다, 숯불이, 짚불이, 연탄불이 맛있습니다, 깨끗하게, 부드럽게, 소탈하게
역시 소주가 맛있습니다, 역시 막걸리가 맛있습니다, 먹어본 사람이, 중이? 고기 맛을 안다네요, 기름 쪽 빼

삼겹살 한 점의

맛!

3
(자, 모두 잔을 드시고

불금을

원샷!)

타이탄, 푸른

타이탄 트럭이 죄송하다, 짐칸의 뒤가 죄송하다
죄   송, 크게 죄송하게 써서 크게 죄송하다
죄송합니다, 사이에 기어들며 써서 사이에 기어들만큼
죄송하다

뭐가 죄다 죄송한지? 낡은 트럭인가, 많이 싣기 위해 설
치한 짐칸인가,
실은 고물인가, 그나마 반도 못 채워서인가, 삐뚤빼뚤
글자인가, 초라한 뒷모습인가

대형 백화점 사거리에 혼잡한 승용차와 택시와 버스 사
이
엉거주춤한 타이탄 트럭이 죄송하게 죄송하게 푸른 신
호를 기다린다

매연 같던 구름이 개이니 낡은 청바지 색의 저녁이 오
히려 죄송한 죄송한 저녁이다

소묘

—순대국밥집

　날씨가 찌뿌둥한 탓이다. 순대국밥이 뜨끈하게 생각
난다. 재래시장으로 길을 잡는다. 늘 그랬듯, 간밤에 마
신 술은 아직 대사 중이다. 시장통 골목은 비좁고, 정육
점, 식당, 떡집, 미용실, 선술집 같은 작은 가게들이 늘
마주보고 서 있다. 가운데 죽 늘어선 좌판에는 족발, 김
밥, 떡볶이, 젓갈, 장아찌, 온갖 먹거리가 지천이다. 어
깨를 몇 번이고 부딪쳐야 간신히 순대국밥집에 닿는다.

　십년 넘게 찾는 터라 따뜻한 인정에 인사 한마디 줄
법도 한데, 주인아주머니의 표정은 무뚝뚝하고, 뭉툭한
손에는 늘 돼지기름때가 묻어 있다. 최고급 승용차를
몰고 다닌다는 남편에 대한 전설 같은 소문도 한 술 국
밥처럼 늘 그저 그렇다.

　그을린 벽의 흰 아크릴 판에 써 놓은 순대국밥 3,500
원, 소주 2,000원은 마치 무슨 포고문 같기도 하고, 이
장 집 찾아온 면서기 같기도 하여 어설프게 당당하다.
둘이 한 끼 요기에 소주한잔 걸친다 해도 세종대왕 찌

든 낮에 1,000원을 거슬러 받는다.

　문 옆 큰 도마 위에는 삶은 돼지머리를 발라낸 고깃점, 혓바닥과 내장까지 온갖 가득 쌓아놓았는데, 주인 할머니는 마치 주문과 무관하다는 듯 뭉텅뭉텅 뚝배기에 담아 넣는다. 비스듬히 지나치며, 순대국밥 두 그릇과 소주 한 병을 시키고는 곰팡이내 퀴퀴한 지하로 향한다. 몇 자리 안 되는 1층에서는 늘 자리를 찾기가 어렵다.

　벽에 비스듬히 걸린 액자의 새끼들에게 젖 물린 돼지 그림은 동네 이발소 그림보다 한참 더 을씨년스럽다. 맥주회사의 캘린더도 걸어 놓았는데, 탄탄한 가슴이 쭉 뻗은 몸매 위 도발로 드러내고, 아래로 흐르면 깊은 곳만 살짝 덮은 반투명 나일론의 신비경으로 숲은 차마 보일 듯 말듯 뭇 사내의 눈을 끈다.

　낡은 탁자 앞의 고된 의자에는 우중충한 얼굴의 아저

씨들과 땟물에 부은 듯한 아줌마들이 털썩 주저앉아 수근수군 한술 국밥으로 빈곳을 채우고 있다. 예사로우나 약간은 무거운 모습들이다. 간간이 부스스한 머리가 어울리지 않는 말끔한 신사복과 아마 밤새 술 따르며 짙은 화장으로 부둥켜 흔들었을 허벅지 탄탄히 드러낸 미니스커트가 섞여 앉아 있다. 소곤소곤 변명이라 해도 누구의 시선도 끌지 않는다.

그리 소란치는 않으나, 가끔씩 뜨끈한 국물 하나 또는 소주 한 병 더 추가하는 소리가 먼지 때 절어 있는 플라스틱 꽃송이들을 화들짝 놀라게 할지도 모르겠다.

국밥에서 건져낸 살 한 점과 소주 한 잔으로 달아보는 삶의 무게는 침침한 지하의 곰팡이 습한 냄새보다 약간은 무거운 것일까. 속을 풀어 채우고 떠나가는 자리에는 얼룩처럼 찌꺼기들이 널려지고, 낡은 계단 오르며 비틀거리는 쿵, 쿵, 소리가 귀 깊숙이 박히어 맴돌 만큼 맴돈다.

누추한 삶들은 늘 누추하게 모여 풍경을 이루는 것인지, 허접한 것들로 채워진 순대국밥이 막히고 꼬여 있는 나의 속을 어떻게 풀어주는지, 가난과 인정이란 어떤 그리움이라도 남기는 것인지. 나서는 문턱에서 외투 안 지갑으로 손이 안가고, 아랫도리 주머니의 구겨진 지폐 한 장을 굳이 찾을 건 무엇인가.

　기억도 아릿한 윗방 윗목의 한 평 남짓 싹 틔우던 고구마의 퀴퀴한 냄새가 귓전을 지나칠 즈음, 추적추적 시장통 골목길에 비가 내린다. 어디론가 서둘러 가고 있는 사람들, 움츠린 뒷모습이 오히려 따뜻하다.

늙은 왕의 귀환

1

잠봉 아닌 짬뽕이듯 잠봉으로는 짬뽕의 빨갛게 매운 입
술의 맛이 상상되지 않듯 오, 짬뽕, 대한 중화의 왕비이
듯!

역시, 짜장면이다, 우리 중화의 왕이신 분! 자장면을 섬
기는 동안 면발만 있는 느낌이었다 국문학자도 아나운
서도 먹고 싶은 것은 자장면이 아니었겠다

70년대에 500원에 먹었다 국민 되던 날도 갈비 대신
식구들 함께 먹었다 40년 지나 오늘 6,000원 주고 먹
는다, 강호무림 철가방이다

어느 날부터 짜장면하면 대졸로도 뭔가 덜 배운 느낌이
었다 오늘도 자장면 아닌, 역시 짜장면이 맛있다 표준
맛 찾는데 25년 걸렸다

2

간짜장면 한 그릇 시키는 것은 외로운 일이다 간짜장면
두 그릇 시키는 것은 쓸쓸한 일이다 간짜장면 세 그릇
시키는 것은 믿거나 말거나 서로 보는 속 외롭고 쓸쓸
하고 깊다는 말이다

세 그릇 이상이면 먹고 난 뒤 눈치 서로 본다

3

민초의 바램으로 윤허가 내리시니 이제 늙은 왕 귀환하
시다

봄, 미늘

1
파릇파릇 새롭다, 누가? 새롭게 한다, 누가?
솔직히 말하자, 누린 자 복 있으시라 새로운 것 밀어낸
다는 것, 봄날은 간다 간 봄날 갈아엎는다는 것

봄,
돌이킬 수 없다

2
동네 초입에 벚꽃을 함박 피워 놓은 생맥주 아가씨가 그
렇다
그녀 품에 가볍게 500CC의 갈증을 풀다, 가슴 한 조각에,
간 한 조각에, 마침내 정신 한 조각까지 떼어 놓고서야
겨우 기어 빠져나왔다는 어떤 이의

후문,

봄, 미늘2

산만큼 죽었다는 것이 공평하다
죽은 만큼 살았다는 것이 공평하다
꽃 피어도-꽃 지어도=0, 누구나 똑같이
─그러니 살겠는가? 죽겠는가?
억울할 것 없는 봄날의 뭔가는
분명 양방인데 일방인 듯한 느낌
세상에 던져지고 나서야 알게 되는 삶,
이미 바늘 삼켰으니 일수무퇴,
始終을 미리 알았다 한들
뒤란이 없는 삶이 또한 고독일지니
다시 봄으로 공평이 공평하다
그 미늘로 불공평이 불공평하다

위胃

서운했다
오솔길 옆 덤불 아래
널브러진
깃털, 몽땅 털렸다
몸통
순식간에 사라졌다
평생
네 집 헐어 내 집 짓는
허기
아지랑이 아질아질한
봄길
생과 사가 바뀐
감쪽같은,

제4부
태화당

로즈마리

만져 보고
냄새 맡고
그대인 듯

나를 위한 기도

아침이 조용하다, 휴대폰이 없다
내게 전화를 하니 내가 부재중이다
반성의 시간을 가지고
포기를 확정하기 위하여
시간 지나 다시 전화를 하니
동료가 뒤에 택시에서 내리며 챙겼다고 한다
얼마 전엔 뒤에 자신을 분실했는데
이번엔 나를 찾아주었다
고마운 일,
지난밤의 과음이야 그렇다고 하더라도
살며 탈날 짓 많이 했으나
오늘도 무탈하다
어머니, 아버지, 할머니, 할아버지, 아이들?
당신?
누구신가,
나를 위한 기도가
하늘을 감동시켰다

폐인, 회의문자

廢하지 않은 鑛이 있다지만
산골에 암이 많다니,
암? 꽃이겠지, 꽃이라면 좋겠네
회의 가는 길 만개한 벚꽃이
만방의 봄을 선포하도다, 분명
회의가 풀리리라 출근을 서울역으로
또는 퇴근을 서울역에서
회의적인 체위, 일상? 이상?
가숙을 주장한다 노숙 아닌, 노회라
라면에 김밥 한 줄에도
아메리카노를 마시는 시적, 오랜 나의 기호?
회의 着 회의 發
끽연 그룹에서 물러나다
日醉月牆*은 아니고
夕주당 모임에서 퇴장을 하다
못 다한 회의 목록
리스크 커뮤니케이션을 요청하다
낙화가 또한 리스크

104

꽃은 지는데, 꽃이 지는데

문득

廢人 되다

* 해 대신 취醉하여, 달 대신 담牆을 넘다

바퀴

길은 외길입니다
몸을 펼쳐 앞으로 깔고
몸으로 밟고 나아가
몸을 거두어 다시 앞에 깝니다
아침 햇살을 부수어
서로를 북돋우며
한통속으로 굴러갑니다
앞은 향하고
뒤는 그리 굴러줍니다
서로가 힘이랄까요
돌기 위하여 굴러갑니다
돌며 굴러갑니다
세울 수는 없으나
스스로 도는 것만은 아니어서
약속 없는 날,
세우기 위하여 굴러갑니다

상강

1

하늘이 푸르다. 바람에 물기가 빠졌다. 나뭇잎에 단풍
이 들었다.

그대!없는 그대를 부정하려 은행잎이 무너짐이니 그대
를 지우기 위함이 아니다.

뼈의 문자를 대지에 새겨 넣느라 霜降,의 새벽이 理智
의 통증으로 빛난다.

기다림 또한 기다리기 위하여 기다리는 것이다. 더 깊
이 새겨, 다시 기다리기 위함이다.

2

뚝,

(!)

친다

오라, 겨울!

台華堂*

1

누군가 떠난 거리, 축제가 끝나고 모두들 흩어졌다, 11
월의 자작나무처럼 도시건물의 표정이 차갑게 바뀌었
다, 키를 두 배는 늘인 야윈 광대가 헐렁헐렁 거리를 비
틀거린다, 기온이 갑자기 뚝 떨어진 것 외 무엇이 바뀌
었는가, 시멘트 건물에서 파스텔 색조가 배어나와 계절
의 방향을 알려준다, 사람들 사이의 서로 기대고 싶은
거리만큼 바람이 지나간다, 큰 누나가 병이 깊어 요양
원으로 떠났다는 고모의 전화, 노 리멤버, 라페스타 노
벰버

2

두 손을 모아 허공의 나라를 세운다, 바람에 맡긴 삶이
다, 간절한 빈손이다, 뒤꿈치 든 한 뼘의 세상은 얼마나
고된지, 발을 씻어 나른해졌으면, 밤을 기다리자, 안쓰
러운 모습이 정직한 시간, 꽃은 환하였네, 부끄러웠지,
늘 뒤에 서서 견디어 온 그대의 기도가 세상의 모든 죄
를 향하시네, 밤의 메스자국들, 말씀을 들은 자 모두 떠

나가니, 용서하시라, 생을 정리하여 홀씨로 남은, 꽃의
기억

3

누나가 일인칭으로 일인실에 누워 있다, 마른 물고기가
입을 뻐끔대며 입술을 적실 물을 기다리고 있다, 늘 뒤
에서 참고 견디며 서 있었을 것이겠으나 배를 드러내고
아프리카의 맑은 눈동자로 떠오른 이 모습은 오늘을 기
다렸을까, 다만 착하여 안쓰러운 모습이다, 그리 길지
않은 삶일지라도 우리에게는 수식하고 싶은 미덕의 목
록이 얼마나 긴 것일까, 또한 복 될지어다, 이 세상의 모
든 뒷모습들, 검은 얼굴을 보며 아직 뒤에 있을 하얀 얼
굴에게 다만, 한 마디 외 할 말을 잊는다, 힘내, 기도할
게! 모현 호스피스 완화의료센터의 민들레, 내 사랑 그
대에게 꽃말을 가진 꽃대 끝의 방에서,

4

초겨울 아침 빈소를 못 차린 성긴 눈발이 날린다, 어찌

나의 마음뿐 허허롭다 할 수 있을까, 하룻밤을 영안실에 누나 혼자 안치한 탓이겠다, 늘 그럴까, 대학병원 장례식장에 자리가 나지 않아 간밤 스산하게 누나 병수발을 하던 여동생 꿈을 꾸었다, 다만 귓가에 쟁쟁하게 전후 없이 시린 한 마디가 맴돈다, "말하지 말래서 안했는데, 상처가 아물지 않아", 아직 말기암처럼 그리 속 깊이 얼지는 않았을 땅이라 불덩이의 고통이었음이니 이승에서 저승을 이내 열겠으나 끝내 떠나가는 얼굴마저 찾아 볼 수 없어 더 가엾으신 어머니, 그리 미어지는 목소리로 어찌 자식을 앞세우시렵니까, 세상의 눈물은 범람하는 태고까지 그 뿌리가 깊음이니 아무리 잘 막았다 한들 혈육의 댐에 모두 가둘 수는 없음입니다, 평생 수고롭던 몸, 이제 남의 손을 빌어 모습을 갖추고 이승의 마지막 모습인가, 저승의 첫 모습인가, 색조화장으로 분홍입술의 뽀얀 얼굴로 인사를 마치고 문을 닫고 이승을 나간다, 유리창 너머에서 휴대전화를 침대 맡에 둔 채로 집을 나간 누나가,

110

5
그 정신이 높아
가까이 하늘과 통하여라

梅로 谷깊은 山에 등을 기대어
좌로 청룡이 날고 우로 백호가 웅크려라

사철이리라,
온종일 햇볕이 들어라

저기 앞으로 노적봉이 의젓함에
그 완만한 왼쪽 어깨너머 남한강이 잔잔하게 흘러라

누나가 오른 하늘이라,
보고 싶은 밤마다

별들이 머리 위로 와락 쏟아지리라

* 태화당 : 누나의 당호. 하늘에 올라 빛나는 별이 되라는 뜻이다.

M, 파노라마, 흑백, 또는 멜로

하루가 있다, 그 뒤에 평생의 도돌이표가 찍힌 어느
하루가 있다, 틈만 나면 새는, 막을 수 없는 구멍이 있다

하얀 얼굴로, 여고를 마칠 즈음 폐병에 걸려 목포로
해서 다시 멀리 떠난 목련사진관집 딸이 하루이다

이북 생, 육이오 고아로 거리에서 밴 몸의 습성으로
아내의 평생의 무시를 견디며 집밖을 떠도는

'제법 하던데' 하며, 시합 보았다고 당돌하게 웃던,
얼마 전 친구를 따라 간 해남여인숙집 딸이 그 곁의 하
루이다

청년에 이미 강남의 큰돈을 벌었고, 땅문서와 금괴와
오만 원 권을 쌓아둔 아파트가 있다는 소문이나

축제일 성당에서 오르간을 치다 중매로 결혼을 한 자
애병원집 딸이 그 뒤의 아픈, 아픔을 주는 하루이다

구멍 난 양발, 허름한 점퍼, 낡은 코란도로 국토를 누비다, 막걸리에 노래방에 연변아줌마와 밤늦도록 찜질방 화투를 치는

자기의 도시락을 먹어 아빠에게 쫓겨난 배달부를 오빠라 따르던 서울의 삼천리표연탄공장집 여고생 딸이 그 앞의 하루다

섬의 마음의 사내가 있다면, 겨우내 해남에 머물며 목련꽃 피기를 기다리시는지, 칠순이 넘도록 물어보시라

춘시기형

어제는 메일, 오늘은 문자이다, 전화가 온다면 不參의
변이 정말 궁하다
애인을 처녀로 숨겨 놓았는지 가까운 이산부터, 먼 저
산까지 온통 붉은 날짜이다
술도가와 트인 담 하나를 사이에 둔 집의 장남으로 중
학에 이미 막걸리에 소금안주를 터득하였다
어머니가 색시 여럿을 두고 장사를 하셨다,는 말을 함
에 스스럼없으니 과연 조기교육이 실용에 다양함이라
말단공무원을 전매청에서 시작하여 담배연기, 그리 맑
지 않은 창을 통하여 세상을 보았음에
더 맑고 더 푸르게 환경청으로 자리를 옮기니 두루 원
만하여, 막히는 것이 없다고 해야 할 터이나, 돌에 걸려
넘어지는 순간도 있어
견디다, 견디다 술 마시고 같은 아파트 단지에 살던 그
못된 윗분(놈?)을 패겠다고 맨살(속옷?)바람에 집을 뛰
쳐나간 것은 엄청 비 왔기 때문이라
(주위에서 말리는 통에 그만 비만 쫄딱 맞았다는 무위
의 전설이니 그 혈기가 아직 팔딱팔딱 남아있으리라)

막내동생뻘 동료로 만난 나에게 한결같이 존대를 하는데, 20년이 지나 정년이 가까워 가는 오늘도 산에만 가면 날다람쥐처럼 잴 터이다

순대국밥에 막걸리 한 잔이면 흐린 날도 봄날 햇살의 아이얼굴이니 쪽쪽 술 들이키는 소리를 차마 듣고 만은 못 있을 것이다

마침내 입신하여 사무관에 이르니 그 뒤 욕심이 없음이라 본부는 멀리 돌아가고, 소속기관과 지방청을 두루 전전하여라

동료, 후배들과 어울리기를 좋아하여 오늘도 산행을 주도하는데, 과연 주도다, 술 酒에 길 道가 산하를 물들임이라

자연사랑, 심신 단련, 영원한 우정을 기치로 날아오는 메일과 문자에 난 오늘도 요리 조리 방패를 들어 막지만(끝에, 다음 주 시산제 때는 참석 노력할게요, 로 그 서운함을 달래보려 하니)

원수를 사랑하라, 는 말씀! 형수님은 주일에도 교회 대신 산으로 향하는 평생의 원수를 위하여 오늘도 기도를

드릴 터이니

대설은 멀고 봄은 완연해라, 오늘도 부디 즐거운 산행
을 하시라, 파이팅 춘시기형^^

그녀의 봄, 여름

봄이 오기 전 그녀는 봄을 산다
새봄을 돌아 지난봄에 머무는 봄,
에스컬레이터로 오르내리는 봄
그녀의 봄으로 백화점이 붐빈다
봄옷을 입어 배에 봄이 홀쭉하다
봄의 향기, 빛깔, 감촉을 느끼며
그러나 어쩌나, 한번 입고, 빤 뒤
다시 한 번 입으려고 하였는데
아, 민소매로 짧은 봄, 봄옷이라
여름이 오네, 봄날 후회 하네
봄날 이미 반납할 수 없는 봄옷,
내년 더욱 기약할 수 없는 봄옷
지나간 유행 한참 더 지나가는
봄마다 다시 사는 중독성 봄옷
내 인생의 봄이 이와 같았음인가

6.4 지방선거의 고민

1
모두 변한다, 변치 않는 말 하고, 변한 분 – 恒常 福 누
리시길!

돌아봤을 때 서 있으면 소용 없다, 움직임이 중요, 동작
의 變化中 中이 重要! (춤 잘 보아야 할 것) 변하나? (안
변하나? 다) 돌아보기 전 '무궁화꽃이 피었습니다'*

변해야 산다, 변해도 될 말 하고, 변치 않는 분 – 이미테
이션, 보석 따위의 모조,
모두 변치 않는다, 변할 말 하고, 변치 않은 분 – '모방',
'모조', '흉내'로 순화 要

소임을 다하고 해체되는 각질이 견인하는 삶의 아이러
니에도 不拘, 不久, 不具**

유월의 너의 몸짓과, 이름과, 꽃과, 의미와 잊혀지지 않
는, 색깔, 기호, 지역, 공약으로 물으며 낙장불입의 결

단으로 밟히는 낙선의 전단지의 肉月의 바람

朱黃에서 朱紅으로 가는 허리腰, 양귀비꽃 하늘하늘 무
덤에서 도진 眩症과 糖症이 심해져, 시달릴

떡잎보고 알았던 들, 肉잎을 뽐내다 화장을 지운 계절,
꽃잎처럼 形形이 形으로 色色이 色으로 변(, 또는 불변)
하는

색이면 색, 자태면 자태요, 효과면 환각, 치료면 진통이
니, 경국지색을 이름 붙여 아편의 유혹에 接못하고, 犯
하게 하신 이들의 짖궂은 禁忌

'무궁화꽃이 피었습니다'. 하얀 냅킨에 옮긴, 어느 꽃
에 한 표를?

2
걸으니 덥다 유월 채 안된 더위, 多幸, 살살 부는

바람 맞고 걸으니 덜 덥다 바람 1 + 나 1 = 2m/sec 바
람분다
바람 이리 맞을 일 多幸, 살살 부는
바람 뒤로하고 걸으니 덥고 또 덥다 바람 1 - 나 1 =
0m/sec 바람 있으나마나
아니, 없는 게 나은 바람 이리 맞는 일, 원컨데 多幸, 살
살 부는
뒤에서 밀어주는 힘, 앞에서 막아서는 힘
多幸, 살살 부는 바람 그대는 가진 쪽인가? 가지지 않은
쪽인가?

3
내게 딱 맞게, 딱 편하게 네게 아니, 조금 헐렁하게, 조
금 끼게 정도?
옷 작아, 옷 커서 아니고 옷을 작게 입어서, 옷을 크게
입어서 내 문제, 옷 문제, 네 문제
과식문제, 운동문제, 비만문제 아니고 끼어 문제, 헐렁
해 문제?

부디, 소화 못할 옷에 치이지 마시길 내게 딱 맞게, 딱
편하게 네게

百을 바꾸려고! 나 하나 바꾸면 될 一,

* '무궁화꽃이 피었습니다', 술래가 구호의 끝과 동시에 돌아본
다, 내게로 다가오는 위협, 접근중인 사람이 있으면 잡아낸다,
움직임을 들키지 않고 내게 접근하여 나를 만지지 못하도록 모
두 잡아낸다, 내勝, 술래를 면한다, 내 편이 많다.
잡은 사람 나와 손을 잡고 서있도록 한다, 너무 낄낄대거나 소
란피지 말고 그대로, 가만히, 놀이 끝날 때까지, 들키지 않고 내
게 접근한 사람 있어, 나를 만져서, 이들 잡은 손 풀면, 나 다시
술래 될 테니, 내敗! 다시 술래를 한다, 나 혼자.
* *1. 몸의 어느 부분이 온전하지 못함. 또는 그런 상태. 2. 不備
의 낮춘 말, 불비 : 1. 제대로 다 갖추어져 있지 아니함 2. 예를 다
갖추지 못하였다는 뜻으로, 흔히 한문 투의 편지 끝에 쓰는 말

도심 속 별이 빛나는 밤, 환경부 빛공해 방지종합계획 수립

불 끄고 별밤을 들으며 東窓으로 별을 보던 날이 있었다
캄캄하나 길 밝았고, 조용하나 음성 가득했다
잠 못 이룰 듯 깊이 잠에 빠져들던 별빛

외로웠던가, 별들로 지상을 채워 하늘에 별이 없는 도시
自體發光, 하늘말씀의 문체를 볼 수 없는 시민
별을 밟아 질질 끌고 다니는 자동차

어둠을 밝음으로 밝음을 어둠으로 바꾸는 백성들*
이제 마음을 낮추시려는가, 건곤말씀을 들으시려는가
밝은 도시의 그림자를 뒤로 어둔 산촌의 빛을 향하고 있다

성탄절 밤, LED 등 밝힌 허브랜드, 산타마을이 멀다
별 내리는 산골짜기 굽이굽이 368번 지방도로에
1, 2, 4, 8km 지나도 정체된 자동차불빛들

연인들 소망할 것 있다, 아이들과 부모들 소망할 것 있다
이미 어둠이 계셨고, 그 후 빛이 나셨으니

나뭇가지마다 매단 하트색지들, 소박한 꿈이 오히려 멀다

* 성경에서

바이칼 틸Baikal teal*

1

십만 대군으로 움직여도 서로 어깨를 부딪치지 않는 천
수만 가창오리들의 작전지휘를 보라,
나전칠기라 해야 할까? 하늘을 덮은 군무에 감탄하는
동안, 유물을 발굴하듯 나는 허리를 굽히나니,
아름다운 광경의 이면을 들추고자 함이니, 위생 젓가락
을 들어 새똥을 고스란히 비닐봉지에 주워 담는다
천, 만이고 철새를 찾아 사무실을 비운다
너희는 어떤 비행을 하였는가, 감염된 바이러스는 없는
가

2

空中, 비운 뼛속이라 街娼*, 체온을 함께 원했다
莊嚴, 노을 떠도는 삶에 드리우고 前兆, 검은 群舞가 日
沒을 演戲한다
하루의 양식이 젖은 날개에만 있겠는가
춤판 뒤에 고단한 사연이 있어 젖은 숨이 몸에 굽어 들
고

마을에 도는 매화꽃* 소문에 낯익은 얼굴이 염병이라,
나를 내몬다
낙곡마저 귀히 거두었을까? 당신의 겨울의 빈 뜰에서
되뇌는
"너희는 새들보다 훨씬 더 귀하지 아니하더냐?"*
그대로 마셔도 푸른 생명이 되는 바이칼은 언제쯤 얼음
이 풀리는가?

* 가창오리. 가창(街娼)은 길거리에서 손님을 끄는 창녀, 조류독
  감을 옮겨왔다는 누명으로 연초부터 회피의 대상이 되고 있다.
* 매독이 매화반점이 생긴데서 유래한다,는 설이 있다
* 마태복음 6:26

현대반려동물종합상조/오리 꽥꽥, 닭 퍼덕퍼덕

1

미끄러지듯 신형흰색소나타 잘빠진, 검은 글씨가 아침
햇살에 빛나시도다
현대가 반려동물을 종합으로 서로 돕도다,
기억나는 건 "현대반려동물종합상조, 명품 사람壽衣
만드는 명장이 직접 디자인 제작"
반려의? 동물의? 복지가 완성되도다 요람에서 무덤까지,
역시, 인간의 옷을 입혀준 것은 입을 옷 걱정하지 말라
하신 분 아닌, 걱정하신 인간이었도다
우리가 그 아픔에도 그 빈자리가 다시 상처를 만들어 왔
음이니,
스스로 짝이 되는 동무로 택하여 먹이고, 치우고, 씻기
고, 마지막까지 입히고
인간이 인간으로 말,미암아, 말 못하는 동물에게 말 못
할 많은 말을 저질러 왔음이니
말 못하는 동물이야말로 이제야 말로의 복을 누리시라,
"반려동물추모는 행복했던 추억에 대한 인간의 도리"-
실버상조뉴스, 역시 네이버라,

검은 相助의 인간의 사랑(?)이 흰색소나타로 거리를 빛
나게 질주하시도다

2

전북 고창지역 오리의 조류인플루엔자 발생 두 달 만에
'멀쩡한' 닭, 오리 1093만여 마리가 살처분되도다~ 병
걸리지 않았는데도
걸릴까봐 미리 생매장 되도다~ 이른바 예방적 살처분
되도다
치킨, 구이, 양식되기 위하여 쉬지 않고, 하루 평균 18
만여 마리! 땅에 묻히시도다

3

인체유래물에 대한 연구 말고, 인간에 대한 연구를 위
해서도 생명윤리위원회를 개최하도다
조만간 날 잡히면 실험동물로 독성실험하기 위하여 동
물생명윤리위원회도 개최하여야 하도다

難讀, One Summer Night

1

캄캄한 마음이 밤하늘, 별을 살핀다, 무수한 단층의 흑백필름으로 구성하는 당신의 가슴속 우주의 한 끝에서 다른 한 끝으로 眼界를 밀고 당기는 동안, 난수로 조합되는 좌표에서 별들이 생성되고, 모이고, 다가오고, (직진으로, 회전으로, 유턴으로,) 멀어지고, 흩어지고, 소멸하고, 먼 훗날 방향을 돌려 앞 생의 뒤 생으로 자리할 수 있을까?

확률을 근거로 한 별들의 무수한 문자가 다만, 단어와 문장으로 難解하게 배열한다. 그러나 더 理解하고 싶은 전모, 당신의 가슴은 어느 누구의 별자리로 가득한 아직 밤하늘이신지? 흩뿌려진 별들을 이야기로 모아, 나는 얼마나 오래된 갑골의 문장으로, 당신의 별자리를 解讀해야 하는지?

2

우리 가슴속 痛症의 좌표, 당신의 따뜻한 마음, 밝은 눈

으로 저리 빛나는 어둠속 경계가 흐릿한 별들의 아픈 이
야기를 읽어야 하리니, 별빛을 보며, 혹이라, 흉이라,
공동이라, 침착이라, 섬유라, 나뭇가지의 새싹이라, 또
는 육신의 대지에 차마 뱉을 수 없는 炎과 膿의 꽃이라
하여야 하리니

어미의 우주가, 첫째 아이 밤하늘이, 둘째 아이 별자리
가, 계속 다음 아이의 가슴이 또 그렇지 않기를! 기도하
는 영상의학으로, 호흡기내과학으로, 환경 및 산업의학
으로 깊어지는 밤, 가슴속의 한여름

! 어느 가계의 별들로 우리들 아픈 상징의 별자리를 그
려 '가습기 살균제'라, 呼名하시겠는지요?

리얼리즘, 코호트 연구*의 중요성에 관하여

아직까지 모든 생애를 함께 보여 주고 있는 동년배들에게 감사한다, 하나, 추억만은 아니었느니, 무모하기도 하였느니

앞서 가며 가야할 길, 함부로 가기 어려운 길, 가지 말아야 할 길 자세히 보여준 먼저 나신 분,들께 감사한다, 나 또한 닮고 있거나, 닮기 어렵거나, 닮고 싶지 않거나

그때는 몰랐어요 미처, 모른 척 했던 것, 모르는 척 하는 것이 나았던 것 가린 곳 없이 無恥로 자세히 보여주시는 늦게 나신 분들께 감사한다

산다는 것이 아주 완벽한 관찰, 코호트 연구 설계일지니, 아무리 설정 좋은 연극일지라도, 以上 증거를 제시하기 어렵나니,

시간, 돈, 노력 들어간다, 엄살피지 마시라, 백년 이상의 완벽한, 도면 아닌 설계라 할지라도

살며 보는 것에 체할 지라도, 處하여 의심하지 말고 나아갈지니

도돌이표 없는 리얼리즘, 이유가 찾든 못 찾든 늘 앞, 뒤를 살펴 추구해야 할 기본? 체위의 生이라,

* 질병의 발생률 연구라고도 한다, 질병이 없는 사람들을 모아, 위험요인이 있는 집단과 없는 집단으로 나누고, 시간의 지남에 따른 추적관찰을 통하여 질병의 발생여부를 파악하여, 집단간의 발생률을 비교한 상대적인 위험도를 구하는, 역학연구방법의 하나이다. 확정적 원인관계를 알려면 확실한 투자가 필요한 것!

카나리아*

당신을 맞이하기 위하여 길과 마당을 쓸었습니다
창을 열고, 먼지를 털고, 쓸고 닦았습니다
보이는 곳, 보이지 않는 곳
신장, 욕실, 거실, 부엌, 침실, 옷장까지 청결히 하였습
니다
함부로 방에 들이지 않고 상처 내지 않았습니다
나의 정성과 수고를 다하여
축축한 시간을 마른 시간으로 닦아 주었습니다
이제 방안은 따뜻한 찻잔입니다
맑고 향기롭습니다
마음도 정결하여 당신께 다소곳합니다
당신이 머무시기에 하루는 그리 길지가 않습니다
담소가 이어지다 차가 식을 즈음 창을 열고 밖을 봅니다
나뭇가지 사이로 구름과 새의 노래가 흘러갑니다
아, 사랑이 그 길을 걸어 우리에게 옵니다
하루의 정이 깊어진 그 만큼
꿈도 희망도 내일 만큼 부풀었습니다
오늘도 쉬어야 할 시간이 와 당신을 잠시 보내드립니다

나의 소홀함은 또 없었는지요

애틋한 마음, 하루의 간결한 일기로 정리합니다

혼자여서 다시 사랑스런

모든 가치의 시간은 기도로 통하겠지요

이제 나의 소중한 당신께 내 마음의 카나리아를 바칩니
다

그 노래로 우리들 사랑의 시간을 확인하소서

* 사람에 의해 길러진지 4백년이 넘는 애완용 새로 울음소리가
  아름답다. 19, 20세기 영국, 미국의 광부들이 탄광에서 유독가
  스를 탐지하기 위하여 이용했고, 사람보다 호흡기가 민감하게
  반응하여 광부들에게 탈출 또는 호흡장비를 착용할 수 있는 시
  간을 주었다. 그 희생을 기려, 사랑이라 고쳐 쓴다.

펭귄

오늘 내가 뒤뚱거리며 걷는다고 하여 오랜 나의 가계家
系가 그랬기 때문은 아니다

꿈이 하늘에 있다고 하지만 끝없는 비상飛上은 내게 오
히려 고통스런 일상,

땅에 서 있음이 얼마나 황홀하고, 물에 몸을 싣는다는
것 또한 얼마나 안온한 꿈이었나

삶을 노리는 눈빛과 유혹하는 몸짓에 집중하여 말 그대
로의 말로 비상飛翔의 꿈을 잠시 접었을 뿐이다

막막한 바다를 보는 날들로 하여 내 모습이 가끔 무심
한 경지의 장인匠人과 같이 보이겠으나

가장 낮은 곳에서야 가장 높은 꿈을 꾸는 이는 오히려
어떤 모습일까

뼈를 비우는 견딤으로 높은 하늘을 날아야했던 고독한
새의 종種임을 말해준다고는 하겠으나

그 부리와 깃털과 퇴화된 날개가 더 이상 꿈이 아닌 오
직 삶에 적응하였음을 깨닫는다

크릴새우로 배를 채우며 바람과 파도와 뼛속의 한기에도
종말이 다가왔다는 소문에도 더 이상 무릎 꿇지 않는다

난생卵生 이전의 날개 짓을 할 때도 있다 바다가 하늘을
담으면 금빛 울음이 잠시 이승을 물들인다

나무들의 신앙생활

풀벌레들의 주일 아침성가, 이미 철든 나무들이 하늘을
향해 일제히 손을 모은다

(손을 들면 이스라엘이 이기고 내리면 아말렉이 이기리
라,는 말씀으로
주위에서 손을 붙들어 올려 당신께 모은 손 내리지 못
한 모세의 고통을 이들이 이어가고 있나니)

숲의 깊어진 눈이라, 초가을의 선선정도가 그러하다

생각과 생각 사이 적당한 거리의 그늘에는 잔열이 아직
있음이나
지나간 철 아쉬울 것도 다가올 철 걱정할 것도 없이 다
만 몸 하나 단출한 그대로이다

나무들이 아침의 간격을 넓혀 햇살의 길을 여는 바로 이
순간일까,
축축한 그 누구의 삶에서도 그늘진 곳곳을 말릴 수 있

도록 한 번은 환한 바람을 주시는 것일까

침엽과 활엽, 관목과 교목이 격의 없이 어우러지는 과
정에 대한 이유 있는 신앙으로

언제 우리는 마른 혀로 서로의 구석진 곳을 핥아 주어
야 되는 것일까
그 저녁이 오면, 서쪽 바다 멀리 천사의 눈보라를 부르
는 붉은 노을의 장엄한 미사를 보게 되리라

세심洗心, 미세먼지 줄이기 시민대책

현황 및 문제점〉

가령, 그렇다는 말이다

미세먼지농도 예보 뒤 미세먼지가 미세하지 않다

세계보건기구 지정 1급 발암물질

아무리 중국發이 많아도 속수무책 당할 수만은 없다

미세먼지 농도가 오늘 24시간 대기환경기준인 100마이크로그램 퍼 세제곱미터라 하자

사람이 숨 쉬고 사는 높이, 건물 높아봐야 한 1,000미터 되려나?

서울쯤이라면 말이다, 면적이 605.5제곱킬로미터니 약 600,000,000제곱미터라 하면

면적*높이 600,000,000제곱미터×1,000미터=600,000,000,000세제곱미터

그 안의 공기 중 미세먼지 양은 100×600,000,000,000=60,000,000,000,000마이크로그램, 즉, 60,000,000그램이라는 거다, 60,000킬로그램, 60톤, 1톤짜리 타이탄 60대가 싣는 무게라는 거다

대책 1〉

걱정 없다니까요

서울시민 1,000만을, 그 힘을 생각하시라니까요

타고 다니는 400만의 자동차를, 그 속도를 생각하시라
니까요

윤사월 아니더라도 송화 가루는 뽀얗게 날려야 하리니,
자동차마다 꽃가루 진입금지 스티커 붙인 싸이클론 집
진기를 다는 겁니다

자동차마다 달아야 한다니까요, 그리고 달리는 겁니다,

원인자부담원칙, 처리원칙으로 확대하는 거지요

참, 쉽죠, 자동차마다 $60,000,000 \div 4,000,000 = 15$
그램만 집진하면 된다니까요

물론, 다 쉬운 것은 아니죠, 자동차마다 $600,000,000,$
$000 \div 4,000,000 = 150,000$세제곱미터,

가로×세로×높이로 하면 약 50미터×50미터×50미
터의 공기를 빨아들여야 하고,

밖에서 서울로 공기가 계속 밀고 들어오고 나가고 하는
차이의 속도만큼을 곱해서 말이지요
더 이상 자세한 것을 알려면 대기오염 모델링 전문가에
게 물어 보세요, 머리 뽀글뽀글 확, 돌아버리게 해 드릴
겁니다

대책 2〉
대책 1〉이 과연 가능할까? 의심되신다고요, 더 쉬운 방
법으로 하자고요?
참 쉬운 방법, 각자 집으로 가서, 부엌의 행주를 빨아,
꼭 짜서, 가지고 나오는 겁니다
닦다 보면 마음도 닦이는데, 하물며 미세먼지이겠습니까?
불수도북+이, 멀리 관악산이 서로 하늘과의 경계를 선
명히 그을 수 있도록
모두 함께 나와 허공을 반짝반짝 닦는 겁니다, 천만의
하얀 두 손이 허공이 빛나는 겁니다

+ 불암산, 수락산, 도봉산, 북한산

구멍의 외연과 내포 : 생태학 혹은 자연과 생명의 여율

김 석 준 (문학평론가)

구멍의 외연과 내포 : 생태학 혹은 자연과 생명의 여율

김석준 (문학평론가)

1. 글을 들어가며

문명은 생의 여율이 실현되는 숭고한 정신적 가치의 체계인 동시에 자연의 여율이 부자연스럽게 흘러가는 모순의 운동이다. 이중성이 매개된다. 양과 음 사이에 순환하기도 하고 역류하기도 하는 내밀한 존재의 운동이 이 세계를 규정하듯이, 시인은 자신이 소속해 있는 인간학적 현실과 거대한 생명의 그물망을 상호 변주시키면서, 『라망羅網 & L'Amant』을 직조해가고 있다. 영원히 미궁인 채 존재하는 거대한 우주의 신비와, 너무도 가열한 생명의 즉발적인 현상 사이를 다양한 존재론적 태도로 응시하면서, 시인은 아직 해명되지 않은 이 세계의 비밀을 차근차근 탐구해가고 있다.

이 세계는 구멍이고, 여백이고, 리듬이다. 이 세계는 天網이자 羅網인데, 그것은 비어있는 듯, 충만해 있고, 오밀조밀 꽉짜여져 추호도 용납하지 못하는 듯하지만, 모든 것이 허용되고 가능한 역설의 공간이기도 하다.

이를테면 류승도 시인의 금번 상재한 『라망羅網 & L'Amant』은 구멍의 외연적 범주와 내포적 의미를 탐구하면서, 그 모든 사태를 생태학과 인간학으로 응결 이접시켜, 진리에 도달하기를 열망하고 있다. 생명이 있는 것은 곡진한 사연이 있고 또 아름다움으로 표상되듯이, 시인은 시간과 공간이 상조 직해낸 생명의 현상을 시말 속에 응고시키면서, 이 세계 전체를 생명의 노래로 고양시키고 있다. 때론 반복이 지배하는 삶의 무료한 일상으로 인해 "갑갑증"(「춘투春鬪, 2012」 중)을 느끼기도 하면서, 때론 "지구 시간 끝"(「한여름 밤 별을 보며 겨울스포츠를 생각하다」중)에 관한 우주적 몽상을 시말 속에 응고시키면서, 류승도 시인은 구멍의 외연과 내포를 "채움과 비움"(「명鳴」 중)의 변증법적 과정으로 승화시키고 있다.

물론 이러한 사유의 밑면에 생태사회적 관점이 깔려있기는 하지만, 따라서 말과 말 사이의 관계는 "한 생"(「蠶잠」 중)과 "모든 생애"(「리얼리즘, 코호트 연구의 중요성」 중) 사이에 놓여있는 의미체계를 주밀하게 관찰하는 것이기는 하지만, 시말은 시인의 의도와 달리 물자체로 존재하는 생명과 그것이 속한 세계를 절대 진리 쪽으로 시선점을 이동시켜 초월의 세계를 욕망하게 만든다. 도대체 왜 그런가? 왜 『라망羅網 & L'Amant』은 인간학적 한계지평 내부에 머물지 않고, 왜 절대를 사유하게 만드는가? 생명과 세계에 관한 구경적 태도 혹은 구멍의 형이상학적 원리. 시말은 달콤하고 짜릿한 아모르 아모레를 연발하는 'L'Amant(연인)'의 언어들로 구조화된 주이상스의 임계점으로 내달리다가 이내 인간학적 현실을 반조하는 '羅網'의 언어로 전이되는데, 그것이 바로 류승도 시인이 살아낸 시살이의 진경이라 하겠다. L'Amant과 羅網 사이에 혹은 자연과 현실 사이에 존재의 여율이 여여하게 흘러내리듯이, 시말은 생태사회학의 심연에 기입된 존재론적 구멍을 내밀하게 응시하면서 진리의 진정한 구조를 성찰하기에 이른다. 말하자면 류승도 시인의 『라망羅網 & L'Amant』은 인간학과 세계 사이에 놓인 다양한 균열을 구멍으로 언표하면서, 진정한 존재의 구멍을 진리의 전언으로 고양시켜, 인간학의 궁극적인 주체가 사랑이라고 역설하고 있다.

2. 깨달음의 역설 : 생성의 리듬 혹은 봄의 노래

"바람의 심장"(「억새, 바람을 읽다」중)에 생명의 리듬을 불어넣는다. 까닭은 이 세계가 곧 생명의 표현되는 최적의 공간이자, 생명이 비등하는 라망들로 정교하게 구조화되어 있기 때문이다. 생성의 리듬이 고동치고 상생의 여율이 변주된다. 시인에게 봄은 양가성을 띤 존재의 표현이기도 한데, 그것은 생성과 소멸의 변증법이 이루어지는 생존의 첨예한 공간이기 때문이다. 동일한 것이 반복되고, 차이의 욕망이 표현된다. 말하자면 류승도 시인에게 봄의 섭리는 일종의 상생의 역설인 투쟁인데, 그것은 바로 생성의 리듬이 변화와 파괴의 여율 위에서 변주되는 것과 별반 다르지 않는 까닭에 그러하다. 생성화육의 섭리는 변화의 질서이고, 파괴를 통해서만이 가능한 너무도 자연스러운 존재의 운동이라 하겠다.

때론 찬란한 신생의 봄의 서기어린 신령스러움을 만끽하면서, 때론 여여하게 흐르는 시간의 본성을 변화의 진리로 인식하면서, 시인은 봄의 본질을 시말 속에 응고시키고 있다. 한 생이 저물고 영원할 것 같은 신생이 이 세계 속으로 들어온다. 말하자면 시인에게 봄의 시공간은 "천년의 사유"와 "법"(「한송사지석불좌상」 중) 사이에 존재하는 진실과 만나는 최적의 장소이기도 하다. 진정한 깨달음의 의미가 반조되고, 진리의 참모습이 봄의 전언을 타고 여여하게 흐른다. 마치 신생의 변주 내부에 인간과 세계의 본질이 고스란히 기입되어 있는 것처럼, 류승도 시인이 전개한 일련의 시말운동은 생성과 소멸에 매개된 변화의 총체적 역량을 진리의 전언으로 고양시킨 것이라 하겠다.

세상이 바뀌어야 한다, 바뀌지 않는다, 아우성 소리

같은 사람, 같은 눈에 늘 같은 사람, 같은 세상

내 어찌 바꾸려는지, 내 것이라고 도무지 없는 세상에

다른 사람, 세상을 맞으려면 내가 바뀌어야 하는데

내 눈이 번쩍 떠져야 하는데, 말처럼 쉽지가 않음이니

오 마이 갓,께 家系를 이어 遺傳의 罪를 짓는 百姓이라

소매 없는 자루 옷 입어야 하는지, 머리 밀어야 하는지

형식을 바꾸자, 형식에 적응하다 나를 바꾸게 될 터이니

세상에! 달라진 나를, 세상을 보게 될지 누가 알겠는가

오늘도 싹 틔우고, 꽃 피우고, 잎 푸르다가 떨어질

나무들도, 세상 하나 바꾸자고, 스스로 바꾸는 터일 터

내 생각, 내 詩가 오월의 신록, 녹음처럼 확! 바뀌어라

—「新綠, 序」 전문

세계의 의미적 구조란 무엇이며 어떻게 짜여져 있는가? 왜 세계는 늘 변화에 받쳐지고, 그 중심에 변화를 매개 시켜야만 하는가? 허나 변화를 거부하는 세상. 허나 늘 동일한 것의 반복만을 강요하는 구조. 욕망은 언제나 어느 한 지점에 머물러 담론으로 물화되고, 더 이상이 변화를 허용하지 않는데, 그것이 바로 이 세계가 처한 삶의 진실이다. 이 세계는 바뀔 수 없는 것이거나 "家系", 즉 "遺傳"의 "형식"으로 고정된 불변의 양식이다.

물론 돌연변이로 인해 이 세계의 의미구조가 완벽하게 전도 전복되는 경우가 없지 않지만, 그것은 존재론적 전회를 앞설 수 없다. 다시 말해서 류승도 시인에게 새로움과 변화를 상징하는 봄은 자기로부터의 혁명을 실천하는 진정한 주체이자, 이 세계를 신생의 기운으로 혁신시킬 수 있는 유일한 기제라 하겠다.

"형식"에의 반복이 이루어졌으며, 마침내 새로운 "나"로 변신하기에 이른다. 어쩌면 류승도 시인에게 『라망羅網 & L'Amant』은 사유의 전복을 시도한 칸트나 언어의 혁명을 이룩한 비트겐슈타인의 그것과 닮아있는지도 모른다. 왜냐하면 시인이 전개한 일련의 시말운동은 새로움에 헌사된 언어의 순정한 운동이기 때문이다. "오월의 신록"이 점점 짙어지는 봄의 한가운데에서 "詩"와 "생각"의 전복을 시도한다는 것은 가장 아름다운 생에의 시간을 향유하는 것이다. 때론 "내 것이라고 도무지 없는 세상"에 관하여 비판의 칼날을 벼리면서, 때론 형식과 내용 사이의 매개된 부조리한 현실을 담론의 체계로 응결시키면서, 시인은 진정한 변화의 의미를 탐구하고 있다.

산만큼 죽었다는 것이 공평하다
죽은 만큼 살았다는 것이 공평하다

꽃 피어도-꽃 지어도=0, 누구나 똑같이

- 그러니 살겠는가? 죽겠는가?

억울할 것 없는 봄날의 뭔가는

분명 양방인데 일방인 듯한 느낌

세상에 던져지고 나서야 알게 되는 삶,

이미 바늘 삼켰으니 일수무퇴,

始終을 미리 알았다 한들

뒤란이 없는 삶이 또한 고독일지니

다시 봄으로 공평이 공평하다

그 미늘로 불공평이 불공평하다

— 「봄, 미늘2」 전문

"감쪽같"이 "생과 사가 바뀐" "봄길"(「위胃」중)에서 시인은 무엇을 사유하는가? 제로섬게임 혹은 포트폴리오. 표면적으로 볼 때, 생은 불평등한 것이거나 정의롭지 않은 것으로 구조화되어 있는지도 모른다. 왜냐하면 생이 표현되는 중심에 항상 힘에의 의지가 매개되어 있기 때문이다. 비가역적인 절대의 시간이 흐른다. "始終"은 동일하고, 향유의 속도는 이질적이다. 말하자면 삶과 죽음 사이의 거리는 누구나 다 동일한 절대 속도에 지배받지만, 그것의 향유는 늘 상대적이다. 마치 "공평과 불공평" 사이에 상호 봉합이 불가능한 불연속적인 의식이 매개되어 있듯이, 시인은 "봄"과 "미늘" 사이에 존재하는 의미적 거리를 인간학적 현실로 비유시키면서 생에의 형식 전체를 반조하고 있다.

삶과 죽음 사이에 무엇이 가로놓여 있는가? 시간이다. 시간의 산책자인 시인에게 시간은 환상이고, 운명이자, 모든 유혹 너머에 존재하는 지속이다. 시간은 가능성의 표현이자, 그 가능성을 사산시키는 희망의 역설, 즉 절망으로의 휨작용이다. 시간은 화려한 봄의 이편에서 화려한 생을 구가하다가 이내 "가을의 변곡"(「푸른 담쟁이」 중)으로 위치를 이동시켜 절대의 시간을 응시하게 만들지만, 시인은 그러한 시간의 본성을 불규칙하게 운용되는 상대적인 파열음으로 인식하면서 존재의 비밀을 압박해가고 있다. 마치 시간이 인식되는 장소가 바로 생명이 주소하는 몸으로 표상되듯이, "몸"은 "삶"이 "정의"(「시월」 중)되는 절대 공간이라 하겠다.

어느 누군가에게 미늘의 시간이 일방적으로 흘러 고통을 당하게 만들고 또 다른 누군가에겐 상호 화락하는 양방의 시간이 안온한 "봄날"처럼 향유된다. 어쩌면 시인에게 봄의 노래는 생성의 리듬만을 의미하는 아름다운 노래가 아닐지도 모른다. 아니 삶과 죽음 사이에 시간이라는 아포리아가 매개되어 있는 한, 혹은 시간의 형식으로 이 세계에 던져진 존재가 바로 생명의 형식인

한, 봄은 시간의 진리를 깨닫게 되는 역설의 공간임에
틀림없다. 마치 봄과 미늘 사이에 공평과 불공평에 대
한 正義의 문제가 고스란히 기입되어 있는 것처럼, 『라
망羅網 & L'Amant』은 존재의 그물에 얼기설기 얽혀있는
시간의 형식을 깨달음의 진리로 치환시킨 반어와 역설
의 존재론적 언어로 구조화된 작품집에 해당한다.

청벚꽃이라 봄 늦게 오네

洗心에서 開心이라

저 분 크게 한 소식 하셨네

역시, 頓悟漸修! 군더더기 없네

꽃! 지면 空 피면 色

동안거 박살난 화두의 파편이라

무수의 작은 꽃송이

문득, 하나의 만개한 꽃송이

허공 환히 밝히신

開心寺 安養樓 옆에 서계신 분께

마음 心 공손히 여쭙자

꽃비의 죽비의 낙화속도 초당 5cm

하르르르 어깨를 후려치기에

눈 살포시 떴는데

청벚꽃 보려면 아직 멀고

둔 집 꽃 본 길 꽃

다 봄 마음 心! 卽是 하산 했네

—「봄소식」 전문

금번 작품집에서 가장 아름다운 시다. 뭐랄까. 라망에
걸려 옴짝달싹 못하는 인간학적인 현실을 가볍게 비껴
가는 선시의 그것처럼, 시간과 공간 사이에서 벌어지는
천변만화경을 "마음 心"으로 투시하면서, "頓悟漸修"
의 순간에 도달하고 있다. "洗心"에서 '改心'을 경유해
"開心"으로의 인식적 전회는 극적인데, 그것은 봄의 전
언이 구현하는 진리의 양태이다. 마치 "空"과 "色"이 변
주된 꽃문양 속에 오묘한 이 세계의 진리가 기입되어 있
듯이, 시인의 그것은 봄의 전언들을 진리가 기입된 公
案으로 인식하면서, 인간학과 세계 사이에 놓여 있는
참된 의미를 깨닫고 있는 중이다.

　마음이 있는 곳에 진리가 있고, 파열하는 삶이 있다.
"화두의 파편"이 꽃잎처럼 여기저기 산산이 흩어진다.
진리란 여기의 긍정이다. 진리는 卽時이자, "卽是"인데,
그것은 바로 자연의 경이로운 모습과 마주한 순간에 나
타나는 돈오의 찰나이자, 그 모든 것을 점수로 이접시
키는 존재론적인 태도이다. "동안거"가 해체되고, 생기
하는 자연의 경이로운 모습, 즉 "만개한 꽃송이"에게서

"저 분"이라고 지목되는 대타자의 현신을 직감하게 되는데, 그것이 바로 봄의 전언 속에서 깨달은 화엄의 참모습이다.

성과 속의 경계가 머물러지고, 온 세상이 화엄의 실체임이 감지된다. 말하자면 "청벚꽃"이 피고지는 광경은 못 보았지만, 시인은 "꽃비"처럼 흩날리는 "낙화"를 깨달음의 "죽비"로 인식하고 있다. 이 세계 전체를 "다 봄 마음"이고, 진리는 그리 먼 곳에 있지 않음을 인지하기에 이른다. 이를테면 류승도 시인에게 깨달음은 "군더더기"를 덜어낸 단순 명료한 삶의 태도에서 비롯하는데, 그것은 모든 생성과 소멸의 작용을 心眼으로 인지했기 때문에 가능한 시적 사태라 하겠다. 마치 깨달음의 역설이 긍정과 부정 사이에 놓여있는 의식의 길 전체를 무화시키듯이, 시인은 "둔 집 꽃 본 길 꽃"의 즉자적인 모습 속에서 진리의 절대적인 형상을 감득했는지도 모른다.

3. 여백의 변주 : 구멍의 존재론적 위치

눈에는 결코 보이지 않는 라망이 인간학의 이편과 저편을 옥죄고 있다. 사실 엄밀히 말해서 속 "깊은 바다의 뜻"(「문장」 중)을 정확하게 모를 뿐만 아니라, 이 세계가 어떠한 방식으로 구조를 이루고 있는지 그 의미를 명확하게 지시하지 못한다. 그저 거대한 라망의 성긴 그물코에 걸려넘어진 채, 존재라는 구멍에 함몰된다. 말하자면 류승도 시인의 『라망羅網 & L'Amant』은 인간학과 세계 사이에 존재하는 균열을 구멍의 다양한 양태로 그려내고 있는데, 그것은 "염불의 生"(「동백, 2014」중)이 반드시 거쳐야만하는 통과의례의 언어적 공간이다. 라망이 마물처럼 존재론적인 운명을 옥죄고 있는 한, 인간학이란 그리 별난 것이 아닌다. 생이 어디서 와서 어디로 사라지는지 전혀 알지 못한다. 그저 노자의 天網처럼 시인의 라망도 道가 실현되는 "천년의 길"(「미황사, 봄」중)이거나 인간과 세계 사이에 놓여있는 미지의 존재의 길, 즉 미궁을 함의하고 있을 따름이다.

따라서 모든 구멍의 내포이자 외연을 지시하는 라망은 늘 이중적인 의미를 너머 다중적인 면모를 띠고 있는데, 그것은 바로 구멍이 이 세계에 현상하는 방식이다. 생성이면서 소멸이고, 모든 것을 포월하는 여백인 듯하지만, 이내 촘촘하게 짜여져 아무 것도 허락하지 않는 구멍은 이 세계가 구조화된 존재의 방식이다. 때론 "하늘에 맞닿은 땅끝의 간절한 기도"(「토말土末에 토의 말을 달다」중)를 올리면서, 때론 "시작과 끝이 없는 무극( )의 문장"(「해인( )」중)으로 인간학적 현실을 기록하면서, 류승도 시인은 "스스로 구멍이 된 구멍"과 "진경眞景의 구멍"(「청간정淸澗亭, 구멍의 즐거움」 중) 사이의 의미적 거리를 인간학적 시선으로 부조시키고 있다.

> 오르기는 힘드나 내려오기는 더욱 힘 드는 곳에서
> 하늘은 가난한 사람을 역시 사랑하실까
> 강물은 흘러 어디로 가나 모두 주머니 탈탈 털고 있다
> ─「하늘에서 놀아라, 하늘만큼 하이원」 일부

> 넘치니 더 채울 곳 없고, 비었으니 더 비울 곳 없구나, 넘치
> 면 부족한 곳 채운다? 헛소리로구나
> ─「돈, 돈」 일부

> 기억도 아릿한 윗방 윗목의 한 평 남짓 싹 틔우던 고구마의
> 퀴퀴한 냄새가 귓전을 지나칠 즈음, 추적추적 시장 통 골목
> 길에 비가 내린다. 어디론가 서둘러 가고 있는 사람들, 움츠
> 린 뒷모습이 오히려 따뜻하다
> ─「소묘 - 순대국밥집」 일부

삶은 미혹되고, 이 세계는 가열하다. 까닭은 존재의 내부에 미지의 구멍이 들러붙어 있기 때문이다. 나는 나의 정체를 말하지 못할 뿐만 아니라, 내가 어떤 의미로 구조화되어 있는지 정확하게 지시하지 못한다. 물론 여

전히 인간의 작은 지혜로는 이 세계의 비밀을 온전하게 드러내 보일 수는 없지만, 너무 크고 섬겨 그 정체를 알 수 없는, 보이지 않는 라망이 이 세계의 중심에 위치해 있는 것 또한 사실이지만, 시인은 라망과 구멍 사이에 놓여있는 의미론적 체계를 차근차근 추적해가고 있다. 때론 구멍의 존재론적 양태를 다층적으로 그려내면서, 때론 세계와 인간 사이에 가로놓인 라망의 정체를 심문하면서, 시인은 이 세계의 참된 모습이 무엇인지를 고찰하고 있다. 시인에게 라망은 구멍이고, 구멍은 존재와 존재 사이를 매개시키는 궁극적인 주체이다. 구멍이 파열하면 이 세계가 해체되고, 구멍이 여백으로 승화되면, 상생의 리듬으로 변주된다. 인간과 세계 사이의 거리에 구멍이 있고 라망이 있다.

"아픔"(「구멍, 총 맞은 것처럼」 중)이 매개되고, 사랑과 희열이 구멍 내부로 흐른다. 말하자면 시인에게 구멍은 형이상의 창조적 원리와 형이하의 인간학적 현실이 동시에 존재하는 원초적인 공간이다. 한쪽에선 "카지노" 구멍이 욕망을 채우고, 다른 한쪽에선 豚과 돈 사이에 존재하는 허기의 구멍은 메운다. 구멍은 막힌 듯 열려있고, 광활한 대지 위를 질주하다 이내 경색이 되어 차폐로 가로막힌다. 왜냐하면 구멍은 생성과 소멸이 공존하는 입구이자 출구이기 때문이다. 마치 정선의 카지노가 출구가 부재한 막다른 구멍이라면, "순대국밥집"의 "퀴퀴한 냄새"는 생을 포월하는 따스한 상생의 여백이다. 마치 화이트홀과 블랙홀 사이에 우주 생성과 소멸의 운동이 매개되어 있듯이, 류승도 시인은 너무도 인간적인 다양한 삶의 양태를 구멍을 통해서 통찰하고 있는데, 그것이 바로 존재/비존재를 가르는 구멍의 빗금이라 하겠다.

빗금의 이쪽이 생을 기술하는 상생의 리듬이라면, 그것의 저쪽은 네크로필리아로 휘어지는 죽음에의 욕망이다. 물론 류승도 시인이 전개한 구멍의 내포와 외연 사이에 "인정"이 있고, "뒷모습이 오히려 따뜻"한 인간애가 존재하지만, 시말은 구멍의 처연한 운명을 블랙홀에 응고시킨 채, "부자"와 "바늘구멍" 혹은 豚과 돈 사이에 이접된 욕망이라는 형식을 내밀하게 응시하게 된다. 구멍이 파열하고 해체된 채 빗금의 저편, 즉 "하느님 나라"인 피안으로 인간학적 진실을 차연 유예시키게 되는데, 그것은 구멍의 안과 밖에 진리가 매개되어 있기 때문이다. "나를 나로 증명"할 수 있는 방법이 부재하다. 구멍이 존재의 이편과 저편 사이에서 인간학을 옥죄고 있는 한, 나는 구멍의 타자로 소거되는 슬픈 운명일 따름이다. 그저 돈, 돈, 돈을 외치다가 혹은 슬픈 "아라리 곡조"에 "한 생"을 의탁한 채 "감악산" 어디쯤에서 쥐도새도 모르게 사라지게 된다.

구멍으로

남을 것 없는

구멍,

내가 구멍이다

— 「아, 구멍」 일부

삶이란, 달콤 씁쌀한

혀에 닿는 구멍의

보이지 않는 듯 구멍

— 「낚시, 구멍」 일부

○ 아我, 구멍이 커요, 구멍이에요, 라망羅網이 얽혀진 구멍

이에요,

아버지, 구멍을 셀 수 없어요,

말로 재보아야 할까요? 무게로 달아야 할까요?

— 「세상이 구멍, 구멍으로 읽다라 할까?」 일부

"은밀한 곳"(「아관문夜關門 - 비수리」 중)에 구멍이 있고,

"정신 높은 곳"(「鹿鳴」중)에도 구멍이 있다. 구멍은 정신적인 동시에 육체적이다. 마치 물질과 정신이 공존하는 氣의 작용처럼, 구멍은 늘 이중성 위에서 자신의 존재론적 정체성을 노정하게 되는데, 그것이 바로 구멍의 시적 원리라 하겠다. 한 생이 이 공간으로 들어오고 또 다른 생이 감쪽같이 저쪽으로 사라진다. 동일성이 비동일성으로 휘어지고, 마침내 비동일적인 모든 것이 동일성으로 환원된다. 말하자면 류승도 시인에게 존재/비존재를 가르는 구멍은 인간학과 세계 사이를 매개시키는 궁극적인 심급이자, 모든 것을 수용하는 여백이기도 하다.

　구멍이 없으면 생도 없고, 죽음도 없다. 구멍을 읽고 구멍으로 세계가 표현된다. 말하자면 류승도 시인의 『라망羅網 & L'Amant』은 존재를 포획하는 그 모든 것들을 구멍으로 투시하고 있는데, 그것은 나와 세계 사이에 존재하는 관계의 조직망을 라망으로 엮어가는 말의 순정한 운동이다. 구멍의 안에 구멍이 있고, 구멍의 밖에 구멍이 있다. 마치 구멍의 표현력이 'all or nothing'이라는 모순율의 부정적 표현으로 자신의 함수값을 도출해내듯이, 시인의 그것은 이것과 저것 사이에 존재하는 차이의 모든 경제학적 지평을 구멍에 응결시켜 인간학과 세계의 균열을 포월의 구멍으로 봉합하고 있다.

　나는 구멍이다. 나는 구멍의 생성물이자, 구멍의 생

산자이다. 能産이면서 所産인 구멍의 작용은 언제나 동시적인데 구멍의 안과 밖에 시간이 매개되어 있기 때문이다. "아我와 아버지" 사이에 시간이 흐르고 구멍이 메워진다. 존재의 역량이 표현되고, 비존재의 가능성이 투시된다. 이를테면 구멍은 개연적인 사태의 총체성이 표현되는 현실의 공간이자, 잠재성이 표현될 수 있는 미지의 가능적 공간이다. 따라서 류승도 시인에게 구멍은 "여기"의 표현인 동시에 "저기"로의 휨작용이자, "행복과 고통"이 편재해 있는 "도처"의 실체이다. 물론 나는 나의 구멍의 정체를 정확하게 규명할 수 없다. 따라서 구멍의 존재론적 역량이 형이상의 원리와 형이하의 현상 세계를 매개시키고 넘나드는 한, 그것의 정체를 온전하게 드러내보일 수 없다.

설령 시인이 구멍을 읽으면서 스스로를 구멍이라고 언명하고 있지만, 구멍은 말의 한계를 넘어선 마물임에 틀림없다. '구멍×구멍=구멍, 구멍÷구멍=구멍, 구멍±구멍=구멍'이라는 등식을 성립시키는 구멍은 자기 원인으로만 존재하는 코라적인 원형질에 다름 아니다. 때론 "사랑"이 도발되는 리비도의 지대를 "축적과 소비"의 변증법적 에로티즘으로 코드변환시키면서, 때론 "가엾은 삶"이라는 "미끼"에 걸린 존재론적 문제를 인간학적인 구멍으로 응결시키면서, 류승도 시인은 인

간과 세계가 얼기설기 얽힌 관계의 라망을 구멍의 내포
적 의미와 외연적 범주로 포획하고 있다.

쌍방혐의, 짙은! 구멍의 구멍 채우기, 또는 채워주기, 밖으
로 구멍 큰 구멍이 큰 구멍, 안으로 구멍 작은 구멍이 작은
구멍, 큰 구멍은 안으로 작은 구멍 채워주기, 작은 구멍은
밖으로 큰 구멍 채워주기, 밖으로 작은 구멍 채우는 큰 구멍,
안으로 큰 구멍 채우는 작은 구멍, 구멍 아니면, 구멍 궁금
해? 하지 마시길! 어느 구멍이 어느 구멍일까? 꽉, 차오는,
꽉, 잡아주는

— 「구멍, 느낌」 일부

그 섬에 국제공항을 건설할 때 염전주인이던 두 명은 토지보
상비로 천억 원 이상을 받았다한다 큰 구멍이다 강남에서 부
동산 아닌 죽죽방방 룸살롱 부대가 그리 출동하였다한다 작
은 구멍이다 구멍이 구멍을 구멍으로 보고 있다 큰 구멍을 작
은 구멍으로 보고 있다 작은 구멍을 큰 구멍으로 보고 있다,

구멍과 구멍이 서로 구멍을 냈을까?

— 「영종도, 구멍을 냈을까?」 전문

"사랑을 갈구"하지만 사랑은 "은혜와 고통"(「꿀잡이새」

중) 사이에 구멍을 만들고 생 전체를 절망이라는 구멍으로 이끈다. 말하자면 구멍의 "느낌"은 완벽하게 만족을 향유하지 못하게 되는데, 그것이 바로 구멍이 만든 존재론적 함정이다. "絶頂과 貞淑"(「능소화」 중) 사이에 구멍이 인륜적 가치로 매개되어 있는 한, 우리는 주이상스의 절정에 다다르지 못한다. 구멍의 구멍은 인간학과 세계 사이의 균열을 감지하는 근원적 공백상태를 의미하거나 인간학을 불능상태로 이끄는 미지의 힘이다. 구멍의 구멍은 파열하고, 해체되어 마침내 모든 것을 죽음으로 기술하는 무로 환원된다. "평안"의 세계와 전혀 무관한 갈등이 일어났으며, 마침내 인간과 세계 사이에 갈등을 구멍이 매개 봉합시킨다. 구멍이 욕망에 의해 전유된다. 왜냐하면 구멍은 인간과 세계 사이의 여율이자, 여백의 존재성을 실현시키는 가능성의 공간이기 때문이다. 때론 "구멍으로 구멍 채우기"를 하는 동어반복의 세계를 몽상하면서, 때론 강력한 리비도를 도발하는 "꽉, 차오는, 꽉, 잡아주는" 느낌으로 몸 감각을 일러세우면서, 시인은 구멍이 처한 존재론적 토포스를 너무도 강력한 에로티즘에 응고시키고 있다.

구멍의 내포적 의미가 리비도에 응결된 너무도 인간적인 모습이라면, 그것의 외연은 이 세계가 만들어낸 욕망의 구멍이다. 인간학이 자본의 구멍에 함몰된다.

아니 보다 정확하게 말해서 21세기는 자본의 거대한 함정에 빠진 채 자기 망각에 이르게 되는데, 그것이 바로 구멍의 외연이 만든 존재론적 함정이다. 마치 모든 것을 흡입하여 고밀도로 압축 굴절시키는 블랙홀처럼, 자본의 구멍은 인간학을 욕망의 체계로 굴절시켜 모든 가치의 체계를 이용가능성과 계산가능성으로 환원시킨다. 너도 나도 빽빽하게 크고 작은 구멍을 메워 인간학적인 역량을 자본의 역량으로 대리보충시켜 욕망의 노예로 전락시킨다. 이를테면 21세기는 여백 위에 펼쳐지는 관용과 인간애를 믿지 않을 뿐만 아니라, 모든 가치를 물화시키는 것으로 자신의 임무를 완수하게 된다. 추호의 틈도 용납되거나 허락되지 않는다. 구멍이 "부동산" 기계에 함몰되고, "죽죽방방 룸살롱 부대"가 자본의 기호에 맞추어 향락을 도발하게 된다. 마치 존재의 여율을 여여하게 탄주하던 여백의 구멍이 욕망으로 탄화되어 "허깨비"(「도깨비」 중)로 물화되듯이, 21세기는 더 이상 상생의 리듬으로 구멍의 존재성을 응시하지 않는다. 점점 자본의 구멍에 이몰된 채 죽음의 구멍만을 열심히 파고 있을 따름이다.

　　우리 날들을 모두 기록으로 가지고 계십니다
　　스스로 썼다 할 수 없고 쓰지 않았다고 할 수도 없는

우리 속속 모든 오( )를 씻어내어

스스로 안고가려 하심,

가장 높이 계신 분은 가장 낮은 곳으로 늘 헤매신다지요?

본디 깨끗한 마음으로 향하여

몇 날이고 며칠이고 한 길로 걸으시며

외우는 한 줄 주문, 없는 거울에 없는 마음을 비추시니

하늘에 먼지가 없으면 비가 생기지 않는다지요?

이제 저희 당신 앞에 섬이니

스스로 한 획 고칠 데 없는 경( )이시라

자 읽으시라, 내놓으신

시작과 끝이 없는 무극( )의 문장

헤아려 잘 생각하시라, 확 트임과 깊은 꿈틀거림

돌아가 다시 지으시라,

우리 모든 삶의 기록을 녹여 문자 없는 도장으로 파놓을
오( ),

— 바다 「해인( )」 전문

본래 구멍은 괄호이고 해인이다. 원래 구멍은 존재를
성찰하는 인식의 도구이다. 구멍은 나와 너를 연결하는
연결사이자, 세계를 동일성으로 기술하는 존재의 기호
이다. 물론 구멍의 외연과 내포 사이에 차이를 도발하
는 욕망의 체계가 산입되어 있지만, 구멍이 도달하는

최종 목적지는 바로 포월의 진리이다. "시작"을 가능케 하는 것도 구멍이고, 그것의 끝막음도 구멍이다. 구멍은 亥寅에서 海印으로 이행하는 "( )"인데, 그것은 차원변이가 가능한 미지의 공간이다. 어쩌면 류승도 시인에게 『라망羅網 & L'Amant』은 인간과 세계 사이의 봉합할 수 없는 균열을 구멍으로 뒤메우면서, 이 세계가 사랑의 전언들로 구조화되기를 열망한 작품집인지도 모른다. 왜냐하면 이 세계가 얼기설기 얽혀있는 라망은 "本來의 觀音" 같은 "淸淨의 觀心"(「장미, 쉬스 곤」 중)에 도달할 수 있는 해인의 공간이기 때문이다. 이 세계가 긍정되고, "가장 높이 계신 분"을 "가장 낮은 곳"에서 찾는다. 화광동진이고 화엄이 구멍의 주체이자 객체이다. 구멍의 진리는 청명한 바다의 문장으로 코드변환되고, 분별지가 사라진 "무극()의 문장"으로 표현된다. 말하자면 해인은 라망을 반조하는 자성청정한 존재의 거울이자 구멍에 기입된 다양한 의미의 체계를 발화시키는 "문자 없는 도장"이라 하겠다.

다시 말해서 시인에게 구멍은 經의 구체적인 실물이자, 典에 이르는 이 세계의 의미론적 기호이다. 마치 똥막대기가 화엄적인 깨달음의 궁극적인 실체이듯이, 류승도 시인의 구멍에 관한 담론적 사유는 진정한 깨달음에 이르는 존재론적인 기호이다. 구멍은 진리가 은폐되고, 적나라하게 드러내 보여지기도 하는 절대공간이다. 말이 성찰되고, 완전이 추상된다. 구멍이 생성과 소멸의 변증법이 완벽하게 시현되는 진리의 공간으로 상정되는 한, 시말은 汚穢로 더럽혀진 욕망의 구멍을 정화하는 해인의 "확 트임과 깊은 꿈틀거림"으로 응결된 존재의 언어임에 틀림없다.

4. 생태사회학 : 생명, 그 아름답고 슬픈 서사

구멍은 생태학과 사회가 결합하는 존재의 여율이자, 생명이 현상하는 얼개, 즉 라망의 구체적인 실체이다. "민초의 바램"(「늙은 왕의 귀환」 중)이 노래에 실려 서사로 발화된다. 말하자면 류승도 시인의 『라망羅網 & L'Amant』은 "理智의 통증"(「상강」 중)을 노래한 생명의 서사인데, 그것은 바로 생명이 처한 존재론적 위치에 대한 성찰적 태도 다름 아니다. 마치 "하루와 평생"(「M, 파노라마, 흑백 또는 멜로」 중) 사이에 미지의 X로 존재하는 생명이 마물처럼 존재하고 있듯이, 시인의 그것은 생명의 외연과 내포를 생태사회적인 얼개로 틀거리를 세우면서 생명의 슬픈 서사를 유려하게 그려내고 있다. 때론 생명이 있는 그 모든 것 앞에 "반성의 시간"(「나를 위한 기도」 중)를 헌사하면서, 때론 생명과 생명 사이에 빚어지는 그 모든 것들을 "영원한 우정"(「춘시기형」 중)

으로 묘파하면서, 생명이 펼쳐내는 "아름다운 광경의 이면"(「바이칼 틸Baikal teal」 중)을 시말 속에 응고시키고 있다.

이를테면 니클라스 루만의 『생태학적 커뮤니케이션』의 그것처럼, 생명과 사회와 환경 사이에서 빚어지는 현상을 라망으로 간주하면서, "고통스런 일상과 안온한 꿈"(「펭귄」 중)을 상호 매개시켜 진정한 존재의 길이 무엇인지를 탐구하고 있다. "完成"(「吾月, 장미꽃 지다」)의 열망이 추구되고, 아름답지만 슬픈 서사가 시간에 의해 완료된다. 생명의 노래가 "햇살의 길"(「나무들의 신앙생활」 중) 위에 울려 퍼진다. 물론 라망에 얽혀 있는 생명의 노래가 그리 밝고 투명한 상생의 리듬만으로 탄주되는 것은 아니지만, 따라서 라망 여기저기에 죽음의 불길한 그림자가 아로새겨져 있는 것 또한 사실이지만, 시인이 도달하고 싶은 언어의 궁극적 실체는 "하늘말씀의 문체"(「도심 속 별이 빛나는 밤, 환경부 빛공해방지종합계획 수립」 중)를 화엄의 원리로 구현시키는 것이라 하겠다.

티브이를 보며 외로운 사람들, 우주에, 생명에, 지구에, 인간의 유전자에 대해 신비를 탐구하는 시간,

　　ㅡ「한여름 밤 별을 보며 겨울스포츠를 생각하다」 일부

캄캄한 마음이 밤하늘, 별을 살핀다, 무수한 단층의 흑백필
름으로 구성하는 당신의 가슴속 우주의 한 끝에서 다른 한
끝으로 眼界를 밀고 당기는 동안, 난수로 조합되는 좌표에
서 별들이 생성되고, 모이고, 다가오고, (직진으로, 회전으
로, 유턴으로,) 멀어지고, 흩어지고, 소멸하고, 먼 훗날 방향
을 돌려 앞 생의 뒤 생으로 자리할 수 있을까?

　　　　　　　　　　　　—「難讀, One Summer Night」일부

　라망은 이중성 위에서 현동하는 비가역적인 운동이다.
라망의 한면이 사랑의 열병을 표현하는 지극히 개인적
인 생명의 흐름이라면, 그것의 또 다른 한면은 생명과
생명 사이에서 벌어지는 관계의 총체적인 그물망이다.
무극과 "태극" 사이에서 벌어지는 물리적인 역학이 "능
소화"를 통해서 표현되고, "희망"과 "블랙홀" 사이에
매개된 너무도 인간적인 "사랑"이 추상된다. 어쩌면 라
망은 "우주"와 "시간" 사이에서 작용하는 시작과 "끝"
에 관한 "解讀"이자, "생"의 앞뒷면에 놓여있는 변화의
세계상인지도 모른다. 왜냐하면 시간은 생명이 속한 그
모든 것들을 변화의 강도로 표현하는 동시에 "캄캄한
우주의 바다"로 모든 의미의 체계를 괴멸시키는 이중의
작용이기 때문이다. "한여름 밤 별"의 "상징"에 비추어
"인간의 유전자"를 탐문하고 또 "難讀"에 위치한 "마음"

이 정관된다. 말하자면 류승도 시인에게 생태사회학은 인간들의 "가슴 속 痛症의 좌표"를 표현하는 "단어와 문장"의 역동적인 운동인데, 그것은 "혹과 흉" 사이를 종주하는 생명의 "아픈 이야기"들로 구조화된 생의 역설적인 표현임에 틀림없다.

해독이 불가능한 "갑골의 문장"을 우주 생성의 신비로 간주하면서, 시인은 관계를 "炎"과 "膿", 즉 존재의 강도로 표현하고 있다. 물론 그 강도의 표현이라는 것도 "확률"에 근거한 까닭에 "우주"의 생성과 소멸 사이에 매개된 진리를 개연성으로만 표현하는 경향이 없지 않아 있지만, 시말은 난독과 해독 사이에서 진리의 존재방식을 심문하고 있다. 우주의 한계 혹은 생성과 소멸의 변증법. 시말은 인간과 세계 사이에 놓여있는 "무수한 단층" 지대를 뜨거운 감성의 체계로 건너게 되는데, 그것이 바로 이 세계가 구조화된 라망의 실체라 하겠다. "무수한 문자"들이 의미의 기호로 라망의 연결고리를 만들 뿐만 아니라, 말—세계가 우주를 정의하기에 이른다.

어쩌면 류승도 시인에게 생태사회학에 관한 담론적 사유는 생명에 대한 구경적 태도를 육화시킨 사랑의 전언인지도 모른다. 왜냐하면 생명의 여율은 차마 하지 못하는 不忍之心에서 생성된 "따뜻한 마음"의 근방에서 생성되는 상생의 리듬이기 때문이다.

> 날로 말고 구워먹는 것이 자연이었다
> 개(犬) 고기(月=肉)를 불(火)에 구워 먹어야 하는 것이 당연
> 하다,는 자연(自然)이었다
> 사람다운 것이 자연스러웠다, 자연이 전부, 사람이 일부; 사
> 람이 전부, 자연이 일부; 그런 날
> 어느 종이 자연스럽다, 했나, 자연이? 하지 않았다
> 사람다운 것이 자연스러운, 사람에 지쳤나? 사람이 지쳤나?
> 사람답지 않은 사람이 자연스럽다, 사람답지 않은 사람에
> 목이 멘다, 사람이 목이 멘다, 자연스럽다
> — 「사람답다, 자연스럽다; 사람답지 않다, 자연스럽다」 전문

그렇다면 자연과 반자연을 가르는 기준은 무엇인가? 사실 엄밀히 말해서 인간 역시 자연의 한 부분이 아닌가? 그런데 문제는 인간이 정신을 무기로 특권적인 위치를 점유하게 된 순간부터 인간은 반자연에 위치하기에 이른다. 특히 칸트가 코페르니쿠스적 전회라고 명명한 의식의 혁명이 인식의 중심에 자리하는 한, 인간은 더 이상 자연의 구성물이 아니다. 대상의 창조자 혹은 의식의 구성능력. 물 자체에 대한 도전이 이루어지고 선험적으로 주어진 자연이 파괴된다. 말하자면 칸트의

전회 이후 인간은 피조물이 아니라, 자연계를 가볍게 탈주한 채 자연을 반자연으로 매개시킨다. 생태계가 무너지고, "자연이 전부"이고, "사람이 일부"였던 마나적 주술이 완전히 해체되어 "사람이 전부"이고, "자연이 일부"으로 코드변환된다.

이제 인간은 전지와 전능을 표상하는 절대자를 대리 표상하는 주체로 스스로를 위치시킨 채, 자연에 속한 모든 것들을 임의로 조종하기에 이른다. "사람답다"가 자연이었던 시대는 이미 사라지고, "사람답지 않은 사람"만이 문명의 주체로 이 세계를 선도하게 된다. 반자연에 의한 자연의 억압이 비로소 시작된다. 20세기 이후 급속도로 발전한 과학 혁명은 자연의 상태학적인 순순환적인 운동을 거슬러 환경을 여지없이 파괴하게 이르는데, 그것이 바로 현재 위치한 자연과 반자연의 라망이라 하겠다.

☯, 다시

하늘에 뿌연 연무인데요, 매립지에 폐기물인데요, 강물에 녹조류인데요, 도시의 불빛과 발전소의 연료 또는 연기인데요, 우리는 태극기 휘날리며 아라뱃길 또는 큰 강가를 달리는 희망의 건강한 자전거,라 할까요? 다시 우리의 긴 역사가 투쟁으로 기록된다면, 사랑-자비로 기록된다면? 아니

돌고, 돌고 이제와 같이 올 날도 다시 또 돈다면? 태극기가
바람에 펄럭일까요? 하늘 높이 아름답게 펄럭일까요?
—「☰ ☷ ☵ ☲, ☯, 그리고 환경보건특강」 일부

DNA(陰?)를 전사하려고 RNA(陽?)를 쳤는데, 영어로 전
환되지 않은 한글 자판이 3개의 기호로 이루어 낸 말,

꿈! (Dream! Boys be ambitious!)

기억나지 않는다, (분화전) 태극 홀로? 돌던? 밤?
—「건곤감리, 태극, 그리고 디옥시리보핵산
(Deoxyribonucleic acid, DNA)」 일부

생명은 어디서 와서 어디로 사라지는가? 엄밀히 말해
서 류승도 시인의 『라망羅網 & L'Amant』은 생명과 연루
된 그 모든 것을 시말로 고양시킨 것인데, 그것이 바로
생명의 시원에 대한 앎에의 의지가 표현된 것이라 하겠
다. 구멍이 매개되고, 생이 이 세계로 들어오고 빠져나
간다. 비록 생명이 어떻게 생성이 되었는지 혹은 이 우
주가 어떠한 방식으로 현재의 모습처럼 진화했는지 정
확하게 재현하는 것이 불가능하지만, 시인은 태허—무
극—태극에 이르는 일련의 기철학적인 생성 과정, 즉

음양의 원리를 우주 생성의 조건으로 간주하고 있다. 물론 음양오행이라는 것도 이 세계를 설명하는 방식들 중 하나에 지나지 않지만, 태극과 음양의 이치는 이 세계를 라망의 순수한 작용으로 환원시키는 가장 아름다운 방식에 다름 아니다. 때론 역리가 지배하는 이 시대의 자화상을 반조하면서, 때론 이 세계를 지수화풍(혹은 건곤감리) 4 원소의 작용으로 환원시키면서, 시인은 생명에 관한 모든 것들을 기철학의 상생의 원리로 승화시키고 있다.

태극와 음양에 입각한 생명의 원리에도 불구하고, 현대성을 가르는 그 모든 것들은 환경이나 생태학과는 무관한 것들로만 그 체계를 형성하여 파괴만을 일삼고 있다. 생명의 노래가 죽음의 노래로 치환된다. 믈론 류승도 시인은 "환경보건특강"을 통해서 "사랑—자비"가 시현되는 아름다운 공간을 몽상하고 있지만, 생명과 그것이 속한 공간 전체는 점점 네크로필리아만을 집적시키기에 이른다. 파열하고 뜯겨져나가 생의 아름다운 서사를 노래하는 것이 불가능한 21세기에, "바람과 흙과 물 그리고 불"의 몽상을 인륜성으로 고양시키면서 시인은 여율과 파열 사이를 교묘하게 대비시킨 채 인간학적 현실을 반성하고 있다. 분명 『라망羅網 & L'Amant』이 쓰여진 궁극적 목적은 어그러진 생명의 리듬을 정위시키는 것인데, 그것은 바로 깨달음의 진리에 도달하는 "해인"과 영혼의 위무 사이에 시말이 위치한 까닭에 그러하다. 그러나 오늘 하루도 "하늘에 뿌연 연무"가 뒤덮인 스모그현상으로 인해 심혼이 암울해진다. 생명의 아름다운 리듬이 차폐로 가로막힌다. 강물은 오염되고, 여기저기 산업 "폐기물"이 넘쳐나고 있다. 순순환적인 라망이 어그러져 악순환만을 양산하는 환경과 생태학의 문제를 비판적으로 성찰하면서, 시인은 생명의 여율인 DNA와 RNA를 주역의 64괘와 같은 원리와 병치시키고 있다.

마치 DNA와 RNA 사이에 "꿈"이 매개되어 있듯이 생명은 음양의 분할면 위에 기입된 조화의 리듬을 통해서 생성되는 희망의 원리이다. "Dream! Boys be ambitious!"가 분화전 태극의 잠재적 가능성인 한, 64는 생명의 꿈이 시현되는 최적의 숫자이다. 未發이었던 기의 운동이 旣發로 변이되고, 64가 음양의 분화를 표현하게 된다. 말하자면 생명은 "복사와 전사"를 통해서 차이의 역량을 강도로 표현하는 것인데, 그것이 바로 태극이 발현하는 존재의 양상이라 하겠다.

대책 2〉

대책 1〉이 과연 가능할까? 의심되신다고요, 더 쉬운 방법으

174

로 하자고요?

참 쉬운 방법, 각자 집으로 가서, 부엌의 행주를 빨아, 꼭 짜서, 가지고 나오는 겁니다

닦다보면 마음도 닦이는데, 하물며 미세먼지이겠습니까?

불수도북이, 멀리 관악산이 서로 하늘과의 경계를 선명히 그을 수 있도록

모두 함께 나와 허공을 반짝반짝 닦는 겁니다, 천만의 하얀 두 손이 허공이 빛나는 겁니다

—「세심洗心, 미세먼지 줄이기 시민대책」 일부

춤판 뒤에 고단한 사연이 있어 젖은 숨이 몸에 굽어 들고

마을에 도는 매화꽃* 소문에 낯익은 얼굴이 염병이라, 나를 내몬다

낙곡마저 귀히 거두었을까? 당신의 겨울의 빈 뜰에서 되뇌는

"너희는 새들보다 훨씬 더 귀하지 아니하더냐?"*

그대로 마셔도 푸른 생명이 되는 바이칼은 언제쯤 얼음이 풀리는가?

—「바이칼 틸Baikal teal」 일부

인간이 인간으로 말, 미암아, 말 못하는 동물에게 말 못할 많은 말을 저질러 왔음이니

말 못하는 동물이야말로 이제야 말로의 복을 누리시라,

175

"반려동물추모는 행복했던 추억에 대한 인간의 도리"-실버
상조뉴스, 역시 네이버라,
검은 相助의 인간의 사랑?이 흰색소나타로 거리를 빛나게
질주하시도다
　　─「현대반려동물종합상조/오리 꽥꽥, 닭 퍼덕퍼덕」 일부

공간이 시간과 동일한 것의 다른 표현으로 인식되는 한,
공간은 단순한 사물로만 인식되지 않는다. 공간의 인식
은 생명에 관한 의식이다. 까닭은 생명이 표현되는 최
적의 장소가 바로 공간과의 상호 작용에 의해 이루어지
는 그 무엇이기 때문이다. 생명의 진정한 의미가 참구
되고, 세계 공간에 관한 생태사회적 비전이 제시된다.
라망과 구멍 사이에 생명이 있고, 사회가 있다. 이를테
면 류승도 시인의 『라망羅網 & L'Amant』은 생명과 그것
이 속한 공간의 문제를 시말로 발화시키면서, 문명의
그늘을 반조한 작품집이라 하겠다. 온 세상이 "미세먼
지"로 뒤덮혀있다. "1급 발암물질"이 대기중에 떠다니
고, 청명한 하늘을 바라다보기가 그리 쉽지 않다. 어쩌
면 시인에게 생태학적인 환경은 인간학을 반조하는 존
재의 거울인지도 모른다. 아니 더 정확하게 말해서 공
기는 인간과 세계 사이의 거리를 측정할 수 있는 바로
메터이자, 파열하는 세계를 정화할 수 있는 존재론적

심급에 해당한다 하겠다. 투명한 "허공"이 투시되고, 대기에 대한 몽상은 "세심洗心"으로 전이된다. 마치 생태사회학적인 비전이 인간과 세계 사이에 놓여있는 거리를 봉합하는 시인 특유의 언어의 지형도이듯이, 시말은 "미세먼지 줄이기 시민대책"을 마음의 정화로 질적 변이시키게 된다.

물론 여전히 환경의 재앙이 끊이지 않아 조류독감, 구제역 등이 창궐하여 가금류와 가축들을 몰살시키는 경우가 비일비재하지만, 시말은 시베리아 어디쯤을 몽상하면서 "푸른 생명"이 고동치는 가창오리의 아름다운 군무를 몽상하고 있다. 역설이 요동치고, 환경과 발전 사이에 불협화음이 매개된다. 말하자면 현대성은 생태학적 커뮤니케이션을 믿지 않을 뿐만 아니라, "너희는 새들보다 훨씬 더 귀하지 아니하더냐?"만을 역설할 따름이다. 인간중심주의 혹은 자연의 착취. 더 이상은 생명 그 자체는 고귀한 대상이 되지 못한다. 아니 이용가능성과 계산가능성만을 지상의 과제로 삼은 후기산업사회는 생명의 가치를 물건으로 물화시켜 소유의 대상으로 전락시킨다. 생명이 생명에 의해 양식되고 매매된다. 사실 21세기가 그리 아름답지 않은 것은 인간만이 이 세계에 특권적인 지위를 누리고 있기 때문이다. 생명이 생명을 포월하지 못한다. 생명은 상품이고, 도구이다. 탐욕의 인간에게 가창오리는 "염병"의 원인이고, 한때 "동무"였고, "반려"였던 애완동물들은 여기저기 버려진다.

생명을 매개로 다양한 사업이 벌어지지만 정작 중요한 생명의 진정한 가치가 존중되지 않는다. 밑도 끝도 없이 죽는다. "예방적 살처분"이 시행되고, 멀쩡한 닭, 오리는 물론 소와 돼지까지 "생매장"된다. 데까르트의 코기토가 영과 육을 분리시켜 정신에 우위를 둔 이래로 인간이외의 생명은 존중의 대상이 되지 않는다. 인간은 고귀하고, 동물은 저열하다. 데까르트 이래로 만연한 인간중심주의는 더 이상 정체대원의 원환의 구조로 이루어진 생태학적인 진실을 믿지 않을 뿐만 아니라, 폐용가치로 치부하기에 이른다. 예전에는 생명은 희망이고 진리이고 가족이었지만, 현재 생명은 도구이고, 상품이다. "꽥꽥" "퍼덕퍼덕"거리는 비명의 소리가 아비규환처럼 온 세상을 소란스럽게 만들었으며, 마침내 "하루 평균 18만여 마리"의 생명이 무의미한 죽음을 맞이하게 된다. "相助"의 인간의 사랑"이 喪弔의 인간 저주로 변이되어 "동물생명윤리"라는 것이 진부한 문구에 지나지 않다는 사실을 직감하게 된다.

그 정신이 높아
가까이 하늘과 통하여라

梅로 谷깊은 山에 등을 기대어

좌로 청룡이 날고 우로 백호가 웅크려라

사철이리라,

온종일 햇볕이 들어라

저기 앞으로 노적봉이 의젓함에

그 완만한 왼쪽 어깨너머 남한강이 잔잔하게 흘러라

누나가 오른 하늘이라,

보고 싶은 밤마다

별들이 머리 위로 와락 쏟아지리라

— 「台華堂」 일부

영과 육이 분리되는 순간, 혼은 오르고 백이 내린다. 생명의 모든 운동이 슬픈 것은 그 서사 내부에 반복의 종료라는 죽음이 예비되어 있기 때문이다. 생명에 관한 생태학적 진실은 차이와 반복을 동일률로 표현하게 되는데, 그것이 바로 생명이 처한 운명이다. 오늘도 미지의 어느 누군가가 태어나고, 또 다른 생명은 슬그머니 세상의 뒷문으로 사라진다. 가열한 생. 반복의 운명으로 영원을 증명하는 생명. 분명 생이 사랑의 형식으로 이 세계 내부로 들어오지만, 생명은 죽음으로 스스로를 완성하는 시간의 형식이다. "정신"이 벼려지고 육신이 점점 소진된다. 사라진다. 사라진다는 사실은 그 당사자에겐 슬픔이고 "이승의 마지막 모습"을 간직한 채 소거되는 변항이지만, 그 사라짐만이 생태학적인 순순환의 운동을 완성시킨다.

지상에서의 마지막은 "불덩이의 고통"을 감내하는 순간이지만, 죽음은 "별"로 완성되어 "꽃의 기억"으로 추억된다. "간절한 빈손"으로 "기도"를 올리지만, "평생 수고롭던 몸"은 가볍게 풀려 생이 아닌 곳으로 인간학을 전이시킨다. 어쩌면 류승도 시인에게 생태학을 완성시키는 죽음은 지상에서 가장 화려한 "라페스타", 즉 "축제"인지도 모른다.

물론 살아남은 자에겐 눈앞의 죽음이 고통이고 불안이자 가장 끔찍한 현실이지만, 죽어가는 자에게 죽음은 분노와 회한을 경유해 마침내 진정한 평온에 이르는 존재의 마지막 순간인지도 모른다. 아니 불교의 열반처럼, 생은 죽음을 예비하는 과정이거나 완벽한 적멸을 통해서만 스스로를 승화시킬 수 있는 가장 아름다운 존재의 형식이 죽음에 매개되어 있는지도 모른다.

라망이 풀려 구멍 속에 함입된다. 시간도, 사랑도, 꿈도 마침내 지상에서의 마지막 "인사를 마치고 문을 닫고 이승"에서 사라지면 라망의 흔적조차 지워진다. 상태학적 진실은 완벽한 소진이고, 소모의 경제학적 지평 위에 스스로를 산화시키고 스스로가 산화되는 음과 양의 조화로운 운명 속에 내파되어 있다.

5. 글을 나오며

"글귀 모를 기러기 한 줄 문장"(「문장」 중)을 완성시키는 것은 바로 사랑이다. 『라망羅網 & L'Amant』은 구멍의 노래가 아니다. 라망은 생명의 노래이고, 사랑의 노래이다. 구멍의 바깥에도 그것의 안쪽에도 사랑만이 존재했으며, 마침내 라망이 얼기설기 엮여져 있는 시공간 내부에 "애틋한 마음"을 전이시킨다.

당신을 맞이하기 위하여 길과 마당을 쓸었습니다

창을 열고, 먼지를 털고, 쓸고 닦았습니다

보이는 곳, 보이지 않는 곳

신장, 욕실, 거실, 부엌, 침실, 옷장까지 청결히 하였습니다

함부로 방에 들이지 않고 상처내지 않았습니다

나의 정성과 수고를 다하여

축축한 시간을 마른 시간으로 닦아주었습니다

이제 방안은 따뜻한 찻잔입니다

맑고 향기롭습니다

마음도 정결하여 당신께 다소곳합니다

당신이 머무시기에 하루는 그리 길지가 않습니다

담소가 이어지다 차가 식을 즈음 창을 열고 밖을 봅니다

나뭇가지 사이로 구름과 새의 노래가 흘러갑니다

아, 사랑이 그 길을 걸어 우리에게 옵니다

하루의 정이 깊어진 그 만큼

꿈도 희망도 내일만큼 부풀었습니다

오늘도 쉬어야 할 시간이 와 당신을 잠시 보내드립니다

나의 소홀함은 또 없었는지요

애틋한 마음, 하루의 간결한 일기로 정리합니다

혼자여서 다시 사랑스런

모든 가치의 시간은 기도로 통하겠지요

이제 나의 소중한 당신께 내 마음의 카나리아를 바칩니다

그 노래로 우리들 사랑의 시간을 확인하소서

― 「카나리아」 전문

시 「카나리아」는 『라망羅網 & L'Amant』의 프롤로그인 동
시에 에필로그에 해당하는 작품인데, 그것은 구멍의 내
포와 외연을 사랑을 매개시키는 동시에 라망의 존재론
적 운명을 사랑으로 이끄는 상생의 여율인 까닭에 그러

하다. 청명한 사랑의 노래가 울려퍼진다. 설령 21세기를 가르는 현대성이 자본의 욕망으로 중층결정되어 있지만, 류승도 시인은 시말 사이사이에 사랑을 매개시켜 인간학과 세계 사이 놓여있는 심각한 균열을 아가페적인 희생으로 봉합하고 있다. 어쩌면 이 세계를 지탱하는 가장 숭고한 가치는 나를 위한 "기도"가 아니라 "당신"이라는 타자에게 받쳐진 "사랑의 시간"인지도 모른다. 아니 역으로 "나의 정성과 수고"를 다하는 순수한 마음이 아니면 그것은 결코 사랑의 진실이 아니다. 때론 "꿈과 희망"이 전이되는 내일을 노래하면서, 때론 "축축한 시간을 마른 시간"으로 코드변환시키면서, 류승도 시인은 『라망羅網 & L'Amant』의 외연과 내포를 사랑의 체계로 구축하고 있다.